隣に住む教え子と結婚したいのですが、どうしたらOKがもらえますか？

遠藤遼

Presented by RYO ENDO

Illust. 笹森トモエ

1

藤本千里《ふじもとちさと》
とある理由でひとり暮らしを始めた高校生。入学早々に充希から告白されて……？
牛久晴子《うしくはるこ》
千里のクラスメイト。新聞部に入部して日々ネタを探している。

堀内麻美《ほりうちまみ》
充希の同僚の美術教師。充希とは大学時代からの親友で何でも話せる仲。
地味教師モード
御厨充希《みくりやみつき》
千里の担任で地学教師。学校ではメガネと白衣を身に着けて地味な格好。

ドアの向こうでがちゃがちゃと
鍵を回す音がして、
充希さんがドアを開けた。

「藤本くーん!!」

半泣きの充希さんが飛び出してきた。

「どうしたんで……うおっ!?」

俺の腕にしがみついてきた充希さんの格好を見て、
俺は意識が飛びかけた。

上下おそろいのピンクのランジェリー。

要するに、下着姿だったのだ。

干物女子モード
御厨充希《みくりやみつき》
家ではくたびれたスウェットと黒縁メガネ。適当な三つ編みで冴えない印象。

超絶美人《モード》
御厨充希《みくりやみつき》
デートのときは胸元広めの服。メガネを外してさらさらストレートヘアに。

CONTENTS

隣に住む教え子と結婚したいのですが、どうしたらＯＫがもらえますか？ 1

遠藤 遼

OVERLAP

イラスト／笹森トモエ

プロローグ

「私と結婚してください！」

高校入学早々、俺、藤本《ふじもと》千里《ちさと》は異性からプロポーズされてしまった。

衝撃。そしてやや遅れて沸々とわき上がる喜び。

女子から告白されたりしたらうれしいんだろうなあとは思っていたけど、現実にされてみるとそれ以上だった。うれしくて、幸福感いっぱいで、何だか無敵な気持ちになる。やたらと自信がみなぎって、自然と笑みがこぼれそうだ。

しかし、落ち着け、自分。

入学式でクラス分けと担任発表をされて、まだ数時間である。

そこで発表になった俺のクラス担任は、御厨《みくりや》充希《みつき》先生という白衣姿の若い女性……というと高校生男子の思春期なところに訴えかけるようだけど、実際には大方の予想に反してというか予想通りというか、メガネをかけて無造作に髪を縛った、地味な雰囲気の女性だった。

まだ二十代半ばくらいのはずなのだが、容姿もしゃべり方も華があるとは言えない。

ぶっちゃけ、地味子さんだ。

ちなみにその地味系担任の御厨先生の担当教科は地学。

地層や化石や宇宙を扱う。だけど、知名度的に生物、化学、物理と比べると地味だ。

入学式を終えてクラスに移動し、順番に自己紹介。無難にできたと思う。

ぼそぼそとしゃべる担任からのオリエンテーションが終わって、高校生活初日はおしまい。

席の近い連中とおしゃべりでもしようかと思ったら、担任から「藤本くん、少し残ってください」と生徒指導室に呼び出しを食らったのだ。

今日、会ったばかりのクラスメイトがざわついていたが、俺の心の中がいちばんざわついていた。

一体俺が何をしたというのだろう。身に覚えはまったくない。仮にあるとしたら、高校入学と同時に親元を離れてひとり暮らしをはじめたことだろうか……。

そんなふうに負の想像力をたくましくしていたのだが、その地味めな担任教師は、生徒指導室でふたりっきりという環境で、真っ赤な顔をして俺と対座している。

つまり、先ほどのプロポーズを、俺に剛速球で投げつけた張本人なわけで。

「あの、藤本くん？」

と、目の前の御厨先生が心配そうにのぞき込んだ。

その表情も声も、クラスで教壇に立っていたときの無表情系地味子さんとは別人。とてもあどけなくて、一年か二年だけ先輩の女子高生にしか見えない。

そんなふうにのぞき込まれると——胸の部分が強調される姿勢になってしまった。御厨先生、実はとても大人の女性なんだなぁ……。

御厨先生は社会人で、教師になって数年。俺よりも十歳くらいは年上なのだ。

まとめると——俺は自分の学校のクラスの担任教師、御厨先生に結婚の申し込みを受けてしまったのである。

……どうしてこうなった?

俺は自分で言うのも何だけど、取り立てて特徴があるわけではないと思う。

別にイケメンでもないし、スポーツ万能みたいなこともない。

俺が実はどこぞの御曹司で親同士が決めた許嫁《いいなずけ》がいる、などということもない。

残念ながら、今日会ったばかりの女性教師に告白される要素は見当たらなかった。

「あの、先生——?」

「はい……っ」と、告白の返事を待つお姫様みたいに御厨先生が答える。

御厨先生は色白できめの細かい肌の顔を真っ赤に染め上げていた。

形のよい眉は不安そうに少し垂れ、目は涙で潤んでいる。固く引き結んだ薄い唇がかすかにふるえていた。整った鼻や柔らかそうな頬のライン。こうして間近で見てみると、とてもきれいで心を揺さぶられてしまう。

長年憧れていた男の人に愛の告白をした深窓の令嬢そのもの。

しかも、いま御厨先生が俺にくれたのは愛の告白ではない。

それを通り越して、いきなり求婚したのだ。

「どうして、俺なんですか？」

何だか間抜けな聞き方になってしまった。でも、喉がからからで緊張して、そんな言葉しか出てこなかったのだ。

「それは――きみが私の王子さまだから」

そう言って御厨先生がさらに真っ赤になる。

何だこれ。

とてもさっきまでの地味な先生とは思えない。

むちゃくちゃかわいいんですけど？

でも……。

「王子さまって感じじゃないと思いますよ、俺」と咳払《せきばら》いするが、「そんなことないよ！」と言下に否定された。

メガネ姿の御厨先生の顔が視界いっぱいに迫る。

大きな胸が御厨先生の両腕に挟まれて窮屈そうになって、なおさら強調された。ひとつ縛りの髪が揺れて、意外なほどやさしい香りがする。

「せ、先生？」

「きみは、とても、かわいい……！」

何だか泣くまで殴るのをやめない人みたいな言い方だ。

告白というより、決闘みたいな空気になっている。

「あ、ありがとうございます」と、なぜかお礼の言葉が口をついて出た。

「色白で、目も黒目がちで、まつげが長くて、髪はさらさらで……！」

「結構恥ずかしいんですけど」

「ご、ごめんね。でも、そんなきみもたいへん尊い」

「と、尊いんですか」

俺たちの間にある長机を乗り越えんばかりに身を乗り出している御厨先生。

熱烈すぎる言葉にひるむ俺。

「うん。最高！　最強！　藤本センリくん」

「センリ？」一瞬冷たい風が吹いた気がした。「……ああ、俺の名前、『千の里』って書いて『ちさと』って読むんですけど」

プロポーズされたのに、思い切り下の名前の読み方を間違えられた俺の気持ちを三十文字以内で述べよ。

御厨先生は言い間違えられた俺の心境を述べる代わりに、椅子から転げ落ちるようにして土下座した。

「ごめんなさい、ごめんなさい！　緊張していたんです！」

「あ、大丈夫です。時々間違えられますから」

さっきのクラスでの点呼も名字しか呼ばなかったし。

「言い間違えないようにずっと心の中で練習していたのに、ふと、歌手の大江《おおえ》千里《せんり》が頭をよぎっちゃったの。歌手の大江千里じゃなくて、百人一首の大江千里《おおえのちさと》の方だったんだよね。一生の不覚……」

「百人一首の大江千里《おおえのちさと》なら知ってますけど、歌手の大江《おおえ》千里《せんり》って……？」

「え？　ひょっとして、知らない……？」

「ええ、知らないです」

ごく素直に答えたのだが、御厨先生の顔が硬直した。

「わわ、私だってリアルタイムで知っていた世代じゃないのよ!?　でも、昔の歌番組とかで知ってるだけ――」

「ああ、そうか。だから、附属中学でおじさん世代の先生によく間違えられてたんだ」

俺としてはごく普通の感慨だったのだが、御厨先生はさらにダメージを受けていた。猛然と、御厨先生が自分のスマートフォンで何かを調べ始め、そして倒れた。

「――もう十年くらい前からはジャズピアニストに転向してた。藤本くんが知らなくて当然。これがジェネレーションギャップ……」

「あの、先生？　大丈夫ですか？」

突然、御厨先生が復活し、身を乗り出してきた。

「きみはたいへん尊い！　最高！　最強！　藤本千里《ちさと》くん！」

「何事もなかったように仕切り直した!?」

「言い間違え？　ジェネレーションギャップ？　はて、何のことでしょう」

口笛を吹くふりをしてごまかしている。

おかげで多少、気持ちが落ち着いた。

十五年あまりの人生で遭遇した総量を遥《はる》かに超えるお褒めの言葉をいただき、心が舞い上がりそうになるのをぐっとこらえて、あえて尋ねた。

「今日、この学校でお会いしてすぐなのに、いきなりプロポーズですか？」

やっと聞きたかったことを質問できた。

瞬間、御厨先生が埴輪《はにわ》になった。

聞いてはいけなかったのだろうか。

でも、聞かないわけにいかないよね。

埴輪になった御厨《みくりや》先生が、すとんと後ろの椅子に腰を下ろした。その拍子に白衣の下で胸が大きく揺れる。

「そ、そうだよねっ。プロポーズの前にやることがあるよねっ」

「そうですよね。はは、ははは――」

乾いた笑いになってしまう。

御厨先生は大きく深呼吸を繰り返す。そのたびに胸が大きく膨らむ。先生はなぜか手のひらに〝人〟の字を何度も書いていた。

「えっとね、藤本《ふじもと》くん。私は、きみのことが、す、す――」

「…………っ」

激しい緊張。頭の片隅では、生徒指導室で何やってんだろうと妙に冷めた気持ちがあった。自分は冷静なのだと無理に思いこもうとしている。

「す、す――ダメ！『好きです』なんて言えない！」

「いま言ってますよ!?」

めちゃくちゃ思いっきりはっきりと！

そんな俺のつっこみも、半ば錯乱状態になってしまった先生の耳には届かない。御厨先生の顔は明らかにゆでだこだ。

「つ、つ」

なぜか「す」から「つ」に変わった。

「『つ』？」

「つ、月がきれいですね……！」

「月、ですか。いまはまだ昼間ですけど」

俺の答えに御厨先生が戦慄する。

「『月がきれい』っていうのは、かの文豪・夏目《なつめ》漱石《そうせき》が〝I love you.〟の和訳として考えたと言われるとてもすばらしい言葉なのよ!?　最近の学生は夏目漱石を読まないの!?　答え方は諸説あるけど、『死んでもいいわ』がいちばんロマンティックだと思うの！」

「先生？」こういう告白をしてほしいのかな。

「は!?　ひょっとしてこれも私のジェネレーションギャップ……？」

「えっと、要するに御厨先生は俺に〝I love you.〟と……？」

聞いてしまって頬が熱くなった。御厨先生を見られない。

ややあって、御厨先生が小さな声で答えた。

「は、はい――」

御厨先生ももじもじしている。仕草がいちいちかわいい。

甘苦しい沈黙。

校庭のにぎわいが聞こえた。

廊下を誰かが歩いている。

「あ、あの、先生」

「はい！」

「先生のお気持ちはその、分かり、ました。でもやっぱり、どうして俺なのか分からないんですけど」

「それは、きみのことをいろいろ知ったからだよ！」

御厨先生がぱっと笑顔になった。

「いろいろ、ですか」

「一昨日の土曜日、自宅のアパートから少し離れたところにあるラーメン屋ばかり十軒集まってるラーメン横丁でお昼食べたよね？　最初はとんこつラーメンだったけど、ちょっと足りなかったのか醬油《しょうゆ》ラーメンのお店もはしごした。ほっそりしてるけど割と食べるんだね。育ち盛りでいいと思う」

「え？」

「それから、近くの本屋さんに行ってラノベとマンガのコーナーを物色」

「は？」

「そのあと、グラビアのお姉さんの写真集を横目でちょろちょろ見ていた」

「い!?」

「せ、先生、ああいうのはまだ高校生には早いと思うのよね。もちろん男の子だから仕方ないんだろうなとは思うけど」

「み、見ていたのはその隣にあったふつうの雑誌です！」

あとラーメン屋をはしごしたのは朝から何も食べていなかったからで、毎回ではない。

「きみのことはじっくり観察させてもらったわ。だから、単なる思いつきや乱心ではないのよ？」

「そのまえに結構激しめのストーカー行為に及んでいませんか？」

「そ、そんなことないよ!?　愛だよ!?」

メガネをすちゃっと上げて胸を張る御厨先生。ストーカー確定である。

……あれ？　何だろう、そこはかとなく既視感が――。

俺はこの感覚の出所を探す。何となく、ごく近いところから感じられるのだが……。

この〝近さ〟は、時間的にも最近だけど、ご近所さん的な意味でもあった。

高校入学を契機に、俺は実家を出てひとり暮らしをしている。だから実家の近所の人、という感覚ではない。

ひとり暮らしを始めた理由は父親の再婚だった。

俺の母親は俺が中学一年生のときに病気で亡くなっている。程なく父親が再婚し、俺には義理の母ができた。それだけならまだしも、義理の母には娘、つまり義理の妹までいる。

その状況に、この数年間ずっと居心地が悪い思いをしてきたからだった。

いま俺がひとり暮らしをしているアパートの隣には、言葉は選ばなければいけないが、たいへん地味な女性が住んでいる。上下くたびれたスウェット姿。分厚いメガネにほつれぎみの三つ編みで、ずいぶんうつむいているから顔をまともに見たことはない。

まだ引っ越してきて一週間くらいのせいもあるかもしれないが、挨拶も会釈程度。それどころか、「おはようございます」と声をかけたら脱兎《だつと》のごとく逃げられた。あれが俗に言う〝干物女子〟なのかもしれないのだが……俺がひとり暮らしになって会ったご近所さんと言えば彼女くらいなものだ。

ということは。

「——ひょっとして、俺のアパートのお隣さん？」

「ぎくぅ!?」

「そっか。一昨日はあの人、ラーメン横丁でも見かけたし、本屋でも見かけたっけ」

「あ、あ、あ……」

「もしかして先生」

「ひ!?」

「あの人とお友達とか？」

俺の質問に、先生がますます挙動不審になる。

「えっと、その、お友達というか、住んでいるというか……」

「えええええっ!?」

思い切り大声になった。

「先生、俺んちの隣の部屋に住んでたの!?」

「恥ずかしながら――」

御厨先生が真っ赤になってうつむいてしまった。だが、恥ずかしいのはこっちである。

普通に洗濯物とか外に干してるし。担任の女性教師に、干したパンツを見られる可能性があるのは大変恥ずかしい。

「まじっすか? ゴミ捨て場で会ったあの干物系女子さんと、御厨先生が同居しているとは思わなかったです。ああ、でも、あのアパートは二間だから、先生とその女性が一緒に住んでも何とかなりますよね」

「え? ちょっと待って」

「じゃあ、あの人は先生の親戚とかですか? 最近はルームシェアとかもはやってるから、全然知らない人だったりするんですか」

「藤本くん、あのね?」

「あれ? でもそういえば、お隣さんっていえば、あともうひとり住んでたりします?」

「へ？　もうひとり？」

ベランダで洗濯物を干していたときにお隣さんと目が合ったことがあったのだ。

でも、その人はゴミ捨て場で出会う〝干物女子〟とは全く別人の、ナイスバディな大人の女性だった。お化粧もばっちり決めていて、何かこう、にっこり微笑《ほほえ》まれたらくらくらしそうなほどの美人だったのだ。

「あれ？　でも、そうするとあの六畳と四畳半の二間のアパートに三人で住んでいることになるのか……。さすがに狭くないですか」

俺がそう尋ねると、御厨先生が何か意を決した表情になった。

「ベランダで目が合った女の人って、こんな顔してなかった？」

御厨先生がメガネを外した。

さらに無造作なひとつ縛りの髪のゴムを取る。

絹のように光沢がある美しい黒髪が広がった。ふわりと優しい香りが鼻をくすぐる。

メガネを外した御厨先生はとてもきれいで――見覚えがあった。

「え？　ひょっとして」

さらに、御厨先生は自らのシャツのボタンを三番目まで外して、はだけさせた。上体を斜めにして乗り出すようにして深い胸の谷間を見せつける。

ここまでの地味な先生の仮面をかなぐり捨てたかのように、蠱惑的《こわくてき》な笑みを浮かべて俺を見つめている。ちろりと唇を湿らせたピンク色の舌にどきりとした。

「うふふ。ベランダで会ったとき、きみの目線が私の胸のあたりに熱く注がれてたの、気づいてたのよ」

「み、御厨先生？」

「充希《みつき》って呼んでいいのよ」

声まで少し低めになっている。

誰だ、この妖艶系美女は。

御厨先生だというのは分かっている。

しかし、目の前の美女は、ベランダで目が合ったナイスバディな超絶美人なわけで……。

「え？　隣の超絶美人って、御厨先生だったの!?」

今日何度目かのすっとんきょうな声が出た。

「ふにゃあああ！　そ、そんな〝超絶美人〟なんて言われたら恥ずかしすぎる！」

超絶美人の御厨先生が、先ほどまでの声色に戻ってあわあわしている。

そのついでと言ってはあれだが、俺はとんでもないことに気づいてしまった。

「ひょっとしてなんですけど、ゴミ捨て場で会った上下スウェットの挙動不審な人も先生でした、なんてことはさすがに――」

「ぎくぎくぅ!?」

あからさまに動揺する御厨先生。これには俺も驚いた。

「お隣さんって、三人のルームシェアじゃなくて、ひとりしか住んでないの？　それもそのひとりが先生!?」

まるで二時間ドラマの裁判シーンで決定的物証を検察から突きつけられた被告人のように、御厨《みくりや》先生がさめざめと泣き出した。

「ひっく……藤本《ふじもと》くんに〝干物女子〟って言われたよ……」

「あー、えっと、それは失言でした。謝ります。ごめんなさい」

見た目は超絶美人モードなのに、しくしくと地味めな先生の個性で泣いている。御厨先生、泣きながらメガネをかけ、髪をまとめるとおもむろに胸のボタンを直していく。

すっかり元の地味な女性教師・御厨先生に戻っていた。

「ただいま」

「おかえりなさい」

超絶美人モードはマジですごいけど、こっちの方が安心するね。

「私、プライベートでは基本はあんななの。だから、ゴミ捨て場できみに出会ったときに、みっともないって思われたんじゃないかって、どきどきだった。でも、きみは私に笑顔で挨拶してくれた」

「ま、まあ、ご近所ですし」

「素敵な笑顔だった。きみは私の太陽、まさしく〝運命の人〟だと思った」

「そんなおおげさな」激しく照れくさい。

「だから――お願い。結婚してください！」

「唐突すぎませんか、そこ！」

「ラーメン二杯もグラビア写真集の好みも、私、受け入れてるから！」

「それだけで俺を受け入れないで!?」

「でも、きみはお姉さんモードの魅惑のボディに興味津々だったじゃない!?」

「ぬがっ!?」と、思わず変な声が出た。たしかにあんな凶悪なものを見せられたら健全な男子としては……じゃなくて！

「他に何か問題があるの？」と、涙目で小首を傾《かし》げる御厨先生。やばい。かわいい。

「結婚っていいますけど、俺、まだ十五歳ですよ？」

「私は二十五歳です。適齢期です」

「先生はそうかもしれないですけどね」

適齢期という言葉も死語になりつつある気がするけど。

「やっぱり年の差が気になる？」

御厨先生の声が悲しげな色を帯びた。

その声があんまりにも切なげでさみしそうで、俺はそんな声を聞きたくなかった。

だから、気づいたときには心の底から断言していた。

「そんなことはないです」

自分でも驚くほどきっぱりと言ってのけていた。

御厨先生の目が大きく開かれる。目のはしに透明な液体がたまっていた。

「うれしい」と、先生の両目から涙がこぼれた。

「あー、でもですね」と俺は頭をかく。「そうは言っても法律的なものやらなんやらはどうなんでしょうかね……？」

リアリスティックな問題である。

さすがに御厨先生も「うーん」とうなってしまった。

中学時代にふと気になって調べたことがあるのだが、この問題、かなり重要で、現在の俺の年齢というのは結構宙ぶらりんなのだ。

たとえば、俺も御厨先生も共に十八歳以上だったら何の問題もない。

十八歳未満だとしても、高校の同級生同士で普通にお付き合いするなら、こちらも問題はないだろう。女子なら十六歳で結婚だってできるのだから。

問題は、片方が成人で片方が未成年——つまり、いまの俺たちの関係だ。

中学のときに、あることがあってちょっと調べたことがあった。

緩めの解釈ではきちんとした恋愛感情が双方にあるかが問題だとされる。

たとえば、悪い大人が脅迫して未成年の相手に偽装恋愛を証言させることもできる。

そのため、厳しく言えば、婚約中もしくはそれに準ずる真剣交際だと未成年側の保護者が認めることが要求されるという。

俺がいまのいままで御厨先生にプロポーズされるなんて思っていなかったのだから、当然ながら俺の親が御厨先生との関係を知るわけがない。

俺たちは「生徒と教師」だ。

学校での力関係によって女性教師が男子生徒に恋愛関係を強要したなんて言われたら、俺としても不本意。そんなことのために、俺は附属中学からの持ち上がりを確実にしようと、柄にもない生徒会副会長をがんばったのではない。

御厨先生の熱烈すぎるほどの気持ちは分かったけれども、「はい、そうですか」と軽い気持ちで返事をして、結果、先生が教師の職を失うことがあってはならないと思う。

「……というようなことが、俺には気になるんですけど」

すると、御厨先生は頬に手を当てて俺の顔をまじまじと見つめた。

「藤本くん、すごい。そんなことまで考えてくれるんだね。何だか藤本くんの方が大人みたい」と言って御厨先生が付け加えた。「ますます好きになっちゃった」

……めっちゃかわいいんですけど、この人。

一見、地味なだけに笑顔のまぶしさの破壊力がすごい。

「そ、そんなことないですよ。心配性なだけですよ」平常心、平常心。

「私、もっともっと藤本くんのことが知りたいな。……きみだって、お姉さんのいろーんなこと知りたいでしょ？」

一瞬にして髪ゴムとメガネを外して胸元をチラ見せする妖艶バージョンになっていた。

「いきなり超絶美人モードに変身するのはやめてください！」心臓に悪いです。

「ううっ……」

……改めて考える。

目の前には、俺に叱られて、不承不承、地味モードに戻す御厨先生。

その、ちょっとすねたような顔を見ながら、さっきよりもさらにさらに考える。

新しい学校、新しい制服、新しいクラス。

高校生になったら人並みに部活に精を出して、あわよくば彼女とかできたりしたらきっと最高なんだろうななんて、ついさっきまでは淡い期待を寄せていた。

ところが、現実は俺の予想を遥《はる》かに超えていた……。

すっかり地味系教師に戻った御厨先生をもう一度見る。

素顔の御厨先生はこんなにとびきりの美人だったのだな。

ふわっとした白衣で体の線はぱっと見では分かりにくいが、胸の大きさなんて同年代の女子高生たちを鎧袖一触《がいしゅういっしょく》の迫力だ。

何よりも、笑顔になったときのまばゆいほどのかわいらしさ。

法律的にはグレーゾーン極まりないのだろうけど、こんなきれいな女性とお付き合いできるチャンスなんて、そうそうあるだろうか。

いまを逃して、いざ俺が大人になったときに、御厨先生の気持ちが変わっていない保証があるだろうか。

理性と感情が頭の中でせめぎ合っていると、ふと先ほどの御厨先生の言葉を思い出した。先生はこう言っていた。「もっともっと藤本くんのことが知りたいな」と。

「そうですよ、先生」

「婚姻届にサイン？　証人二名のあてはあるから任せて」

「じゃなくて！　もっと、先生のことを知りたいです」

俺が真剣な顔で言い切ると、御厨先生が真っ赤になって爆発した。

「ふにゃあああ！　私の何を知りたいの!?　スリーサイズ!?　それよりももっとえっちなこと!?」

「あなた、先生なんだから落ち着いてください！」

「そうでした……」

「先生の気持ちは、その、すっげえうれしいけど、俺はまだ先生のこと、深く知らない。こんな状態でお返事するのはとても失礼だと思うんです。だから……」

「だから、まずは結婚を前提にお付き合いからってこと？」

「……とりあえず、結婚ではなく、お付き合い（仮）から始めませんか」

そうやってお互いをきちんと分かり合ったら、法律的にも世間的にもその他諸々《もろもろ》もＯＫな時期になるのではないだろうか。

御厨先生はちょっと唇をかんだけど、頷《うなず》いた。

「うん。分かった。これからよろしくね、藤本くん」

「あ、はい。俺の方こそ、よろしくお願いします、御厨先生」

「ふたりのときは『充希』って」

「じゃあ――充希さん」

俺が下の名前で呼ぶ。

御厨先生は、いや充希さんは本当にうれしそうな笑顔になった。

その笑顔を見たら、俺も切ないくらいに愛《いと》おしい気持ちを感じてしまう。

こうして、高校生活初日に俺はプロポーズされて、結婚を前提とした彼女（仮）ができたのだった。

第一章　お付き合い（仮）は、具体的にどうやったらいいですか？

入学の日から一週間がたった。

スマートフォンのアラームが鳴る。止め方は身体《からだ》が覚えている。スヌーズ機能を使ってあと十分だけ寝よう。

半分眠り、半分起きている状態の俺の耳に、玄関の鍵が開く音がした。

アパートのドアが開く気配がする。

部屋のドアが静かに開けられた。

「おはよーございまーす……」

ごく密《ひそ》やかに女の人の声がする。

「寝てますねー、寝てますねー。寝顔はどんなでしょうか。カメラさん、どうでしょうか」

抜き足差し足の相手が十分に近づいたところで、俺の方から飛び起きた。

「ほにゃあああ！」という情けない声を上げて闖入《ちんにゅうしゃ》者がひっくり返っている。そんな盛大なひっくり返り方をされると、スカートの中が見えそうになって、こっちも困る。

とはいえ、毎朝の恒例行事みたいになってだんだん驚かなくなっている自分が怖い……。

「充希《みつき》さん、おはようございます。そして毎朝勝手に侵入しないでください」

俺がごく当然の権利を主張すると、すでに身だしなみを整え、そのうえからエプロンを身につけた充希さんが反論してきた。

「だって、朝ごはんは大事じゃない。ひとり分作るのもふたり分作るのも手間はほとんど変わらないし」

復活した充希さんは台所へ向かい、冷蔵庫から食材を取り出して朝食の準備を始める。

どうしてこうなったかというと……。


お付き合い（仮）がスタートしてすぐのことだ。俺がひとり暮らしを始めてから朝食をあまり食べていないと知った充希さんが、途端に怒り始めたのだ。

「朝ごはんちゃんと食べなきゃダメだよ、藤本《ふじもと》くん！」

「分かってるんですけど、朝は眠くって……」

「成長期なんだから三食きちんと食べなきゃ！」

そんなやり取りの結論として、充希さんが朝食を作ると言い出したのだ。

何か彼女ができたなーって実感がして思わずお願いしてしまったら、充希さんが俺に手を差し出した。

「あ、食費ですか。どのくらい払えばいいでしょうか」

「そうじゃなくて、藤本くんの部屋の鍵を貸して。合鍵作るから」

「は？」

「藤本くんは寝てていいから。朝ごはん作ったら起こしてあげる」

そんなわけで充希さんは俺の部屋の合鍵を持つことになり、早速、翌朝から朝食作りに侵入してきた。ふたり分の食材は、基本的に俺の部屋の冷蔵庫に置いている。

「朝ごはんはすごくうれしいんですけど、部屋に入ってくるときの『カメラさん、どうでしょうか』とかいうつぶやきは何ですか」

「往年の『スターどっきりマル秘○告』にあった寝起きドッキリの真似《まね》よ。こっそり忍び込んで、布団をめくって寝顔をじっくり観察するコーナー」

「それは、テレビ番組か何かですか」

タイトルからして昭和な香りがするが。

充希さんが石化した。

「わわ、私だってリアルタイムで見ていた世代ではないのよ。だから細かいところはうろ覚えなんだから」

「で、カメラの代わりにスマートフォンを構えていたと。毎朝同じことを言いますけど、寝顔の盗撮はやめてください」

侵入初日、うかつにも充希さんが朝ごはんを作りに来たのに気づかず眠りこけていた。気づいたときには、充希さんが俺の寝顔をスマートフォンで鬼連写していたのだ。以後、朝は絶対に寝ていてはならないと固く心に誓った。ちなみにその写真の数々は強く抗議してその場で消させている。

「だってぇ～」

と、充希さんがふるふるする。

そのせいで充希さんの胸も、大きなスライムのように揺れていた。

「だってじゃありません！」

と、俺は充希さんのスライムから慌てて目を逸《そ》らし、顔を洗いに行く。

「好きな人のかわいい写真は何枚でも欲しいじゃない」

「またそういう……」

極上の笑顔で、面と向かって「好きな人」とか言われたら、破壊力がありすぎるじゃないか。冷たい水でばしゃばしゃと顔を洗って、頭と煩悩を冷ます。

背後からフライパンに玉子を落とした音がした。温かな匂いが漂ってくる。

「ふんふんふ～ん♪」

充希さんの鼻歌が聞こえてくる。顔を洗って身支度をして部屋に行くと、充希さんがとても楽しそうにハムエッグやごはんを並べていた。

「鼻歌を歌いながら、楽しそうですね」

「ふにゃあああ！　鼻歌聴かれた!?　恥ずかしい!!　こほん……何を言っているんですか、藤本くん。鼻歌なんて歌っていません。早く食べないと遅刻しますよ」

赤面した充希さんが普段の地味系教師の仮面に戻ろうとがんばる。

「別にいいのに」かわいかったし。

俺たちはふたりで手を合せて、「いただきます」と朝ごはんを食べるのだった。


朝、登校の時間はかなり気を使う。

たくさんの人が通勤通学に急いでいるけれど、誰がどこにいるか分からない。

充希さんは先生だから早めに学校に行って、授業の準備などをしなければならない。だから、必然的に俺よりも早く家を出るため、俺たちふたりが一緒に登校することはない。

ぶっちゃけ、女性教師と男子生徒がそれぞれひとり暮らしで、お隣さん同士というだけで十分アウトだと思う。それなのに、朝ごはんを食べてそのまま同じ部屋から出てきたりしたら、間違いなく完全アウトだろう。

もし見つかったら、俺にも充希さんにもやましいところはないと言っても、誰にも信じてもらえないだろう。

現実にはお付き合い（仮）から一週間。スタートがプロポーズだったせいでいろいろおかしなことになっているけど、まだ手もつないでいないのだ。

それにしても、充希さんのかわいい笑顔とわがままボディ――。高校一年生男子にはけしからんことこの上なく、俺は蛍光灯のヒモを相手にボクシングをしたり筋トレしたりすることで煩悩と戦っている。

そんなわけで――。

朝食を終えて俺の部屋を出るときも、まず俺が外に顔を出して辺りの様子を確認する。誰もいなければ充希さんがこっそりと俺の部屋を出て、しゃがんだ姿勢のまま隣の自分の部屋に一度入る。

玄関に用意してあった荷物を持ち、充希さんが家を出る。このときすでに、充希さんは立派な（？）地味系教師として無表情になっているのだった。

充希さんが玄関の鍵を閉める音がして、俺の家の前を通り、階段を下りる靴音が響く。

その音がすっかり消えるのを確認しながら、ふたり分の朝食の洗い物をして家を出る。

外に出てまわりを見回す。もちろん、充希さんはいない。

鍵を閉めて道を歩いていると、どうしても充希さんのことが思い浮かんでしまう……。

入学式というかプロポーズというか、とにかくお付き合い（仮）の初日の夜、シャワーを浴びたあと、さっぱりしたにもかかわらず、何だか無性に心が浮き立っていた。（仮）でも彼女である。こんな日が来るとは思わなかった。

興奮した気持ちをなだめるべく、部屋の蛍光灯のヒモ相手にボクシングしていたら玄関のチャイムが鳴った。

「はーい」

「こんばんは、ふ・じ・も・と・くん」

ドアの向こうには充希さんがいた。胸元の大きく開いたサマーセーターをざっくりと着た超絶美人モードだ。メガネを外してお化粧ばっちり。片目をつぶって投げキッス。

「せ、先生？」

「ふたりのときは充希さん、でしょ？　いけない子ね。うふふ。どうかしら？」

気持ち前屈《まえかが》みになって、胸元のセクシーさをさらに強調する。その殺人的な豊かな白い肌から根性で目を逸らす。

「『うふふ』じゃなくて。どうしたんですか、充希さん？」

「そそる？」

「はい？」

何を言っているのだ、この女教師は。

充希さんは姿勢を戻して、「うーん」としばらく額に手を当てていたが、何かを思い立ったのか、隣の自分の部屋へ戻っていく。

何だったのだろう。

蛍光灯のヒモとのボクシングを終えてテレビを見ていたら、またチャイムが鳴った。

「はーい」

「あ……こんばん……」

ドアの向こうにはやっぱり充希さん。

今度は着古したグレーのスウェット上下で干物女子モードだった。ご丁寧にすっぴんになり、学校で使っているものよりもフレームが分厚くてダサいメガネをかけている。とてもさっきの超絶美人と同一人物とは思えないが、よく見れば左目の下に小さな泣きぼくろがあって、どっちも充希さんだと納得する。

「み、充希さん？」

「あ……えっと……で、今日は……から……」

普段より低い声でぼそぼそと何か言っているみたいだけど、ほとんど聞き取れない。

「すみません、充希さん。ちょっと聞き取れなくて」

と、俺が一歩近づくと充希さんが悲鳴を上げて飛び上がった。おびえた小動物だ。

「あ、あんまり、近づかないで……」

「は、はい――」

俺が一歩後退すると充希さんも一歩戻ってきた。

試しに一歩近づくと、また小さく「ひっ!?」と言って一歩遠のかれた。何だこれ。

充希さんが右手を伸ばして「止まれ」の状態にした。

「ちょ……待ってて……」と言い残し、再び充希さんが自分の部屋へ入ってしまった。

ぱたんと閉まるドアを見ながら、俺はただただ首をかしげるばかり。

二度あることは三度あるとばかり、しばらくしたらまた部屋のチャイムが鳴った。

「はいはーい」

きっと充希さんだろうと気軽にドアを開ける。

「ちょっとちょっと！　何なの、藤本くん!?」

今度はいきなり充希さんに怒られた。

「何がですか」

「お姉さんモードへのリアクションはいまいち、干物モードでもダメ。一体どんなプレイなら藤本くんは喜ぶの!?」

「プレイとか言わないでください！」

いまの充希さんは昼間の先生モードのときの格好だった。しかし、玄関のドアを開けてるから外にまる聞こえ。オートロックだからみだりに誰かが侵入してくることはないだろうけど、慌てて俺は充希さんを玄関に入れてドアを閉めた。

「私、連れ込まれちゃった⁉」

「声が外に漏れたら困ることをされちゃうの⁉　きゃー」

「しません！　あなた、教師なんだから変な想像しないでください！」

充希《みつき》さんが口をへの字にしてふるふるした。

「だって、せっかくなら藤本《ふじもと》くんがいちばん喜んでくれる格好でいてあげたいじゃない」

それで充希さんはさっきからいろんな格好をしていたのか。

思わずため息が出た。何かもう、健気《けなげ》な人だな……。

「あのですね、充希さん。俺にとっては超絶美人モードも干物系女子も、もちろん学校の先生のときの充希さんも、どれも充希さんです」

「え？」

恥ずかしいので、いまので察してほしかった。

しかし、充希さんはストレートに自分の気持ちをぶつけてくるくせに、自分に向けられた気持ちにはちょっと鈍感なところがある様子。

「だからですね、どんな格好の充希さんでも、それこそ太ってても痩せてても、充希さんは充希さんです。何ていうかその——いつでもぜんぶ、素敵だと思います」

充希さんが頬を赤くし、目を潤ませた。今度は充希さんの心に俺の言葉が届いたみたいだった。

「へへ。すごくうれしい。ありがとう、藤本くん」

「どう、いたしまして」

充希さんがにっこり笑った。

「太っててもいいなんて言われちゃうと、がんばって毎日ラーメン二杯食べちゃうよ」

「わざと太んなくてもいいんですよ？」

ありのままの充希さんがいいと、俺は思う。


たった一週間なのにもういろいろな思い出ができていた。それを心の中で反芻《はんすう》していると、億劫《おっくう》なはずの朝の登校時間でも笑みが漏れてしまう。

うおおお！　彼女がいるって素晴らしい！

と、思わずそんなことを大声で叫びたくなってしまう。

心の余裕みたいなものまで感じる。クラスメイトともそれなりに学校では接するし、つるむ奴《やつ》もできたけど、ふとしたときに「ああ、俺には彼女がいるんだな」と思ってしまう。これが男としての自信というものか。

心の余裕があると授業にも集中でき、とてもよい。

始まったばかりの高校生活、授業についてはまだ一週間だから簡単なオリエンテーションみたいなことしかしていない。そのなかには、充希さんが担当する地学もあった。

「みなさん、改めましてこんにちは。地学担当の御厨《みくりや》です。この授業では――」

白衣をまとった地味教師モードの充希さんが、淡々と説明していた。

目とか合ったらどうしようかと思ったけど、充希さんは女子の方ばかり見ていた。俺との関係がバレないようにというより、単純に男子が苦手なのかもしれない。

おまえら（特に男子）、知ってるか？

御厨先生は驚いたとき、「ふにゃあああ！」とか言って、真っ赤になっちゃうんだぞ？

普段の地味な外見は世を忍ぶ仮の姿。よく見ればすごく美人で、そのくせちょっと抜けてて、朝ごはん食べるときに必ずほっぺたにごはんつぶつけちゃうんだぞ？

風呂上がりにお茶を飲んでいると猫みたいにごろごろし始めて、胸元の辺りが隙だらけなんだ。それを見ちゃうと、さらにすり寄ってきてからかわれちゃうんだぞ。

笑うのも食べるのも大好きな、とても素敵な女性なのだ。

まあ、ちょっと大胆な大人の女性のスキンシップは、高校生男子にはいろいろと毒なのだけが玉《たま》に瑕《きず》なのであります……。

教室に入ると、髪を短く刈り込んだ星野《ほしの》が朝の挨拶をしてきた。星野の席は俺の後ろだった。星野は高校からの入学組。クラスの半分くらいがいわゆる外部生だった。

「おはよう」

「おはよう」

見るからにスポーツマンの体つきの星野は、中学時代も野球部のレギュラーだったそうだ。早速、野球部に入って練習に参加している。

その星野が急にぐったりと机にうつ伏せた。

「どうしたの？　朝練で疲れたの？」

「ちげーよ。聞いてくれよ。昨日さ、部活行ったんだよ」

「うん」と頷《うなず》きながら、椅子に座る。

「野球部の三年のマネージャー、先輩だけど超かわいいんだ」

「部活初日からずっとそう言ってたね。『だから練習に気合いが入る』って」

「おう。おまえ、めちゃくちゃかわいいんだから。アイドル並みだよ。けどよ――」

と、星野が再び机にぐったりうつ伏せた。

「何かあったの？」

「そのマネージャー、三年のピッチャーの先輩と付き合ってるって昨日聞いてさ……」

「あー」

「嘘《うそ》だと思ってたら、今朝ふたりで仲良く登校してきやがってさ。すげえ悲しい……」

「何というか、あるあるだよね」

「あるあるすぎるだろ。そういえば藤本は部活入んないの？」

「うーん、悩み中」

うちの学校は部活が必須ではないから帰宅部でも別に構わない。

充希さんが顧問をしている部活を選択しようとしたら、充希さんに反対された。「そんなことされたら、私、鼻血出して倒れるから！」とか言ってたけど、鼻血って……。

なお、充希さんが顧問の部活は手芸部。男子がまるでいないようなのでさすがに遠慮させてもらおう。手芸の心得もないし。それにしても地学教師なのに天文部とかでないのが何となく充希さんらしかった。

星野とおしゃべりをしていたら、充希さんが廊下を歩いてくるのが見えた。教室に入る直前のところで、そばの女子と言葉を交わしている。おかげで、大きな声で着席を促さなくても担任が来たことがみんなに分かる。充希さん、したたかだ。

「うちの担任、地味だよな」

と、星野が俺の背中をつつきながらしみじみと言った。

「おまえ、先生にそういうこと言うなよ」

「F組の美術の堀内《ほりうち》先生なんて超美人だぜ？　左手の薬指に指輪してたから、たぶん結婚してるだろうけど」

「マネージャーさんに彼氏がいたからって、あんまり荒れるなよ」

「何でおまえはそんなに余裕なんだよ。あ、さてはおまえ、実は彼女いるだろ!?」

「っ……いねえよ」

思わず頬が緩むのを誤魔化すのに苦労する。

思い切り、「彼女いるけど、何か？」とか言ってやりたいと悪魔な心がささやく。

しかし、浮かれてはダメだ。そもそもプロポーズという最上級の告白も充希さんにさせてしまったわけで、男としてはもっときちんとしないといけないと反省しきり。

せめて、充希さんの仕事を邪魔したりしてはいけない。そのためには、不用意な言動で充希さんとの関係を勘ぐられないようにすることは必須だった。

「あやしいぞ、おまえ」

星野が俺の脇をくすぐって尋問にかけようとしたとき、充希さんの声が飛んできた。

「そこ。ホームルームの時間です」

メガネの奥の瞳はいつものように地味教師モード。星野が小さく「怖っ」と呟《つぶや》いている。

でも、俺は気づいていた。充希さん、絶対照れてる。

目元がほんのり赤くなって、俺から目を逸《そ》らし続けているのが証拠だ。

そんなささやかな反応も、何だかとても幸せを感じるのだった。

その日の夜、充希さんは、どういうわけかおかんむりだった。

「藤本くん、先生は怒っています」

「え？」

夕食の準備をして一緒に食べようというところで、突然、充希さんが〝ぷんすか〟と頭の上に文字が見えるような怒り方を始めたのだ。

「朝のホームルーム。きみの顔を見るだけで赤面しちゃうんだから、学校で私に注意させないで！」

「そういう理由!?」

ちなみに夕食の準備も日に日に充希さんが食い込んできている。

仕事で疲れているだろうから俺の方が夕食の調理はがんばると言ったのだけど、「何ていい子……！　もっと私ががんばるよ！」と逆方向にネジが巻かれてしまったのだ。

ただ、やっぱり充希さんが疲れて帰ってくるのは事実なので、充希さんひとりに夕食を作らせないで一緒に準備することで手を打っている。

今夜は回鍋肉《ホイコウロウ》。キャベツが安かったからだ。

充希さんがふたり分を一気に作って大きいお皿に盛り付ける。肉とタレのうまそうな匂いにお腹《なか》が鳴った。彼女が回鍋肉を運んでいるあいだに、俺は味噌汁《みそしる》を用意する。具は豆腐とワカメ。ごはんを茶碗《ちゃわん》によそって味噌汁と共に運ぶ。

ふたりで向かい合って回鍋肉をつつく。あつあつの肉と野菜を口に入れると、ほのかな甘味のあと、ほどよい旨味《うまみ》と辛味がやってきた。

充希さんが自分の部屋から甜麺醤《テンメンジャン》やオイスターソースを持ち込んでくれたおかげもあるだろうけど、充希さんの腕がいいのだと思う。あの〝干物女子〟な姿からは想像もつかないなんて言ったら怒られそうだから、ただ「おいしいです」と感謝するに留《とど》める。

充希さんも、おいしそうに幸せそうにごはんを口に運んでいた。

「そういえば、藤本くん、後ろの星野くんと仲いいの？——うん、ごはんおいしい」

「席が近いし、いまはいちばん話している奴かも。——回鍋肉めちゃめちゃうまいです」

「ふふ、うれしいな。——男子高校生同士って何を話すの？　やっぱり女の子の話？」

「あー、いつもじゃないですけど、そんな話もありますね。今日は、星野が、『野球部の女子マネージャーに彼氏がいた』ってショック受けてました。あ、充希さん、いまのは内緒ですよ？——麦茶ください」

「大丈夫大丈夫。私、口は堅いんだから。藤本くんのことは『私のダーリンでーす』って思い切り叫びそうになっちゃうことが多々あるけど。——はい、麦茶」

「ありがとうございます。——慎んでくださいね」

気持ちはとてもよく分かるけど。

「うふふ。でも、星野くん、スポーツマンで身体《からだ》も鍛えてるし、顔も悪くないし、チャーリー・シーンみたいだからすぐに彼女できるんじゃないのかな。あ、私は彼みたいなのはパス。藤本《ふじもと》くん一筋だからね？——おかわりどう？」

「チャーリー・シーン？」

茶碗を受け取ろうと手を伸ばしたまま、充希《みつき》さんが固まった。

「映画とか見ないの？」

「洋画は結構好きで見ますけど」

「ひょっとして……私、古い？」

その一言で、俺は自分の失言を悟った。

充希さんが大慌てでスマートフォンを取る。文字を打つのももどかしいようで、「オッケー、グルグル。チャーリー・シーン」と音声検索をかけている。

「あ、充希さん——」

「『最終絶叫計画4』がもう十二年前!? 藤本くんはその頃三歳。ダメだ、古いわ……」

充希さんが真っ白になっている。

「あ、でも顔、思い出しました！ たしかに星野は外国人みたいなガタイだし、顔も似てますよね。下の名前が『慎《しん》』だから、ちょうどホシノ・シーンで合ってますよね！」

俺が慌ててフォローすると充希さんが首をこちらにぐりんと向けた。

「藤本くん、いま何を隠した？」

「いや——そんな貞子《さだこ》みたいな動きは怖いです」

「『リング』は有名だから知ってるんだね。でも、呪いのビデオテープって、いまの子には通じないんじゃない？」

「実物触ったことないですね」

ボディブローを食らったように身悶《みもだ》えしながらも、充希さんは追いすがってきた。

「……なんて話をごまかさないで、後ろに隠したものを見せなさい！」

俺が背後に置いたものを奪おうと充希さんが手を伸ばす。取られまいと俺がもがいているうちに、充希さんがのしかかるような姿勢になった。風呂上がりの香りと女性的すぎる胸の膨らみが俺の脳を支配する。着ているものは大きめサイズのTシャツで、洗いざらしだから布が薄い。これはいけない。

「うわっ」

「きゃっ」

充希さんの柔らかい身体をがっしり受け止めるわけにもいかずに体勢を崩したら、そのまま倒れ込んでしまった。

「充希さん？」

と声が裏返る。

「だめよ、頂戴。ほら、早く出して」

と、充希さんが俺の上でもぞもぞと動きながら言う。この人は自分の胸部の凶悪さを分かっていないらしい。

「出します、出しますからどいて」

「早く出して！」

「変なとこ触らないで！」

何とか充希さんに俺の上からどいてもらい、身体の下に隠していた自分のスマートフォンを出した。

「ロック解除して」

「はい」

するとスマートフォンの画面には俳優チャーリー・シーンの爽やかな笑顔と経歴が映し出される。

説明しよう。充希さんとの会話の中で分からない単語が出るたびに、手早くスマートフォンで検索をかけていたのだ。

いままではごくさりげなく検索してきたのに、何で今回に限ってバレたのだろう……。

そのスマートフォンを挟んで、俺と充希さんが正座で対面している。まるで浮気の証拠を挙げられたダメ亭主みたいだった。

「藤本くん、いつもこんなことしていたの？」

「あ、うん……」

「ずっと、私に隠してたのね」

「違うんです、これは」

「おかしいと思ったのよ」と、充希さんが悲しげな顔になった。「まだ十五歳のきみが、やたらと私が高校生の頃の流行に詳しいんだもん！」

「だって、充希さん」

「十年くらい前、私がいまの藤本くんと同い年くらいの時の出来事、たとえばアイボンの新型で大騒ぎになったのが3Gだったなんて、もちろん知らなかったよね」

「動画サイトでちらっと見ました」いまはXだもんなぁ……。

「マイケル・ジャクソンが亡くなった衝撃だって、見てきたように相づち打ってくれたけど見てるわけないものね」

「動画サイトでいろいろと調べて……」

「『けい○ん』とか、ペニシリン大活躍の幕末タイムスリップ医療ドラマとか、よく知ってたよね」

「動画サイトでちょこっとだけ」

充希さんが座卓に肘をついて頭を抱えた。

「何でも動画サイト動画サイト——これがナチュラルネット世代ってヤツなの？」

「えっと、それを言うならたぶん、デジタルネイティブ世代……」

充希さんが口をへの字にした。いまのはマズった。

「いまの時代の子の言葉、難しい……！　もう私には付いていけない……！」

「ただの言い間違えじゃないですか」

「クラスの女子たちの言葉だって何言ってるか分からないことがあるわ。二十五歳だからって、もう分からないものは分からない。五十代のベテランの先生から『まだ若いじゃない』と励まされた段階で、おばさんの仲間入りなのよ」

充希さんがさめざめと泣いている。

「はあ……」

「私ももともと高校の頃だってきゃぴきゃぴしてなかったし。女子高生だからってＪＫ語が分かるとはかぎらないんだから。マジ卍《まんじ》って何よ。卍の書き順は難しいんだから……！」

見てはならない闇を充希さんは覗《のぞ》き込んでいるようだった。

「先生、お酒飲んでませんよね……？」

とはいえ、きゃぴきゃぴした充希さんというのはたしかに想像しにくいな。

「大丈夫、素面《しらふ》。それよりごめんね。変に気を使わせちゃってたみたいで」

「いいえ、そんなことないです。俺の方こそ、何かこそこそしてすみませんでした」

よかれと思ってしたことで充希さんを傷つけてしまったみたいで、結構つらい。

「十歳の年の差があると……藤本くんはやっぱり話しにくい？」

「そんなことないですよ！」

俺が大声で即座に否定したら、充希さんが驚いていた。

「藤本くん？」

「俺、もともと芸能関係とか世間のニュースとかあんまり詳しくないし。そもそも俺、十歳も年下で充希さんから見たら全然子供だと思うから、会話つまんないって思われたくなくて、無理に背伸びしてただけなんです」

俺が頭を下げると、充希さんがまた口をへの字にした。

「ううっ……。藤本くん、何ていい子なの。世界でいちばんいい子だわ。私こそ、いっぱい気を使わせちゃってごめんね。そしてありがとう」

充希さんが俺を抱きしめた。またしても全身に風呂上がりの充希さんの（以下略）。

「充希さん、離れて。苦しい。（俺の理性が）死んじゃう」

「あ、ごめん。そんなに力強かった？」

解放されて胸いっぱい空気を吸った俺は、理性にがんばってもらうためにも提案した。

「充希さん、俺にもっといろんなことを教えてください」

「ええっ!?　ちょっと早くない？　心の準備が」

充希さんが赤面しながら怯《ひる》んでいるのを見て、自分の言葉足らずを悟った。

「ああ、いや、その、変な意味じゃなくて。俺が分からないことがあったら充希さんに素直に聞きます。充希さんも高校生の使っている言葉とかで分からないことがあったら言ってください。俺が教えますから……分かんない言葉もあるかもしれないけど」

　マジ卍って俺もいまいち分からないけど。

「藤本くん、何てやさしい子なの！　うれしくて死んじゃう」

「死なないでください」

　再び抱きしめられそうになって逃げた。

　よけられてバランスを崩しかけた充希さんが体勢を立て直す。

　しばらく俺たちはお互いの顔を見つめ合っていたが、どちらからともなく吹き出した。

「ふふ。こうやってひとつひとつ、ふたりのルールが決まっていくのって、うれしいね」

「はは。そうですね」

　俺たちはふたりで食べ終わったごはんを片付ける。

　片付けが終わったら、俺はゲーム機の用意をする。俺が実家から持ってきたゲーム機で、ふたりであれこれ言いながらタイトルをダウンロードした。

　その間に充希さんが食後の温かいお茶を淹《い》れる。

「お茶入ったよー。さ、やろっか」

　ゲーム機のスイッチをオン。一瞬の間を置いて、鮮やかなタイトル画面が映し出される。

　タイトルは『スーパー○トⅡ』。充希さんが主人公格の日本人武道家で、俺は金髪の特殊工作員女子。充希さんも俺もやっと必殺技コマンドができるようになったレベル。

「充希さん、それ、ひどい」

「ふふふ。藤本くんの、ぜんぶハメちゃうんだから」

言っておくが、格ゲーである。

白熱してくると、充希さんはもっとひどくなる。

「藤本くん、ダメェ！」瀕死《ひんし》、あるいは死んだときである。

「あん、うまく入らない」必殺技のコマンドである。

「そんな、強すぎぃ！」俺がノーダメで勝っているときである。

「いやぁぁ！　もう許してぇぇ！」連敗しているのである。

コントローラーを握ったら人格が変わるわけではないのだが、充希さんの絶叫がいろいろとやばい。立派な操作妨害である。

食後に『スーパー○トⅡ』をするのも、俺たちふたりで決めたささやかなルールだった。

夜寝るとき、充希さんは自分の部屋に戻る。

隣なのだが、一瞬の隙を突いて不審者が出ないとは言い切れないし、何よりほんの一瞬でも長く一緒にいたいから、充希さんの部屋の玄関まで送る。

「ありがとう、藤本くん。おやすみなさい」

「充希《みつき》さんも、おやすみなさい」

いつものようにそう言って別れ、隣にある自分の部屋のドアを開けた瞬間だった。

「きゃああああああ!!」

夜の闇を裂くように充希さんの悲鳴が響き渡った。

「充希さん!?」

俺は一目散に充希さんの部屋の玄関を叩《たた》いた。

「大丈夫ですか!? 何があったんですか!?」

ドアの向こうでがちゃがちゃと鍵を回す音がして、充希さんがドアを開けた。

「藤本くーん!!」

半泣きの充希さんが飛び出してきた。

「どうしたんで……うおっ!?」

俺の腕にしがみついてきた充希さんの格好を見て、俺は意識が飛びかけた。

上下おそろいのピンクのランジェリー。要するに、下着姿だったのだ。

細かな刺繍《ししゅう》のあるピンク色のブラジャーが、充希さんの大きなバストをやさしく包んでいる。どんなグラビアタレントよりもきれいだった。大きいとは思っていたが、これはヤバい。バスケットボールくらいあるのではないか。深い胸の谷間には俺の手がすっぽり収まってしまうかもしれない。

たゆんと揺れるふたつの乳房が、抱きつかれたことで、いままでにない柔らかさを伝えてくる。極上のふわとろパンケーキよりも柔らかい。

下半身のピンク色のショーツは、いきなり抱きつかれたのでほとんど見られなかったが、繊細さから薄い布地であることは分かった。パンツとかパンティとかではなく、ショーツと呼ぶのが相応《ふさわ》しい。腰からお尻へかけてのラインが、神々しいほどに美しかった。

その他、真っ白くてくびれもしっかりあるお腹《なか》やら、すらりとしていながら肉づきが柔らかそうな太ももやらが、一斉に自己主張をしてくる。

メガネ姿の清純そうな顔に、この身体《からだ》である。

とんでもない蠱惑的《こわくてき》ボディの女神じゃないか……！

震えている充希さんが、涙目で俺を見上げた。その表情だけで、また理性が無限の彼方《かなた》に吹っ飛んでしまいそうになる。

「き、着替えようと思って服を脱いだら、で、で、出たの……」

「出たって、まさか泥棒ですか」

「ち、違う。違うの」

と、言って充希さんが俺を部屋に入れる。

おお、充希さんの部屋に初侵入――！

間取りは俺の部屋と同じ二間。小さい方の部屋に引っ張っていかれた。

カーテンなど、ピンク色を基調とした部屋。とても甘い香りがした。小さなぬいぐるみがいくつか置かれている。敷きかけの布団が放り投げられたようになっている。あの布団で充希さんが毎晩寝ているのだと思わず凝視しそうになるが、そんなことに興奮している暇もなかった。

充希さんが「あ、あれ——」と、か細い声で天井を指さす。

そこには黒光りするGがいた。

「……結構大きいですね」

「私、ゴキブリ大っ嫌いなの!! 助けて、藤本くん」

充希さんから殺虫剤と丸めた古新聞、ティッシュ箱を受け取り、彼女を台所に残すと、Gのいる部屋のドアを閉めた。

こう見えて俺も、Gは大っ嫌いである。

しかし、愛する人に期待されている以上、やらねばならぬ。

殺虫剤の先制攻撃。Gは素早く身をかわした。

連続で殺虫剤を散布。Gは慌てふためいている。

ところがここで、Gは窮鼠《きゅうそ》猫を噛《か》むとでもいうべき反撃に出た。

Gが空を飛んだのだ。

「ぐわっ!!」

顔に突っ込んできたGを避けるために、思い切り背中を反らす。

「藤本くん!?」

「だ、大丈夫です」

ちょっと腰骨がごきって鳴ったけど。

そんなこんなで、格闘すること約三分——。

俺は大きく息をついて、充希さんが待つ台所へ帰還した。

「倒しましたよ……」

「ありがとう……！」

ランジェリー姿のヴィーナスが英雄を見るまなざしで俺を迎えた。

「ティッシュ七枚重ねで捕獲しました。こいつは俺の部屋で捨てますね」

「本当にありがとう。藤本くん、かっこいい」

何だか惚《ほ》れ直されている感じがして、悪くない。

充希さんが一言言うたびに、ふわとろバストもふるふると揺れていた。

「いや、お役に立てて良かったです」

と、俺は少し目を逸《そ》らしながら言う。

「本当に本当にありが……」

もう一度お礼を言おうとした充希さんが固まる。

顔どころか色白の胸元辺りまで真っ赤になった。

とうとう充希さんが、着替え中という己の破廉恥な姿に気づいてしまったのだ。

G発見時に匹敵するほどの悲鳴が夜のアパートにこだました。

……一匹いれば何とやら。ということで、俺の部屋で使っているG駆除用品の余りを充希さんの部屋に届け、充希さんは安心して夜眠れるようになったのだった。


結局、部活は名前だけ美術部に所属することになった。

中等部の頃から友達だった松城晃一《まつしろこういち》に、部活人数確保のために誘われたからだ。顧問はF組担任の堀内麻美《ほりうちまみ》先生。このまえ、星野《ほしの》が美人だと言っていた先生だ。

入部届を出すときに初めて会ったけど、いかにも芸術家っぽい華のある美人教師だった。

まあ、俺には充希さんの方がかわいいけど。

俺が美術部に入ったことを話したら、充希さんが堀内先生について教えてくれた。

「堀内麻美先生？　美人だよね。いちばん仲がいい先生なんだ。あのきれいさでもう二児のママだし」

「ご結婚されているんだろうとは思ってましたけど、お子さんもいらっしゃるんですか」

星野ではないけど、全然そんなふうに見えない。

「うん。『趣味は出産、特技は安産』って生徒にも公言しているって言ってたから、もう少ししたら教えてくれるんじゃないかな」

「はあ……」

このことを知ったら、星野はもう一段深くハートブレイクかもしれない。

とはいえ、堀内先生のような美人の先生が顧問でも部活の人数確保が難しいとは、先生も大変だと思う。充希さんの手芸部も心配になったが、なぜか毎年最低人数は確保できているらしい。

その充希さんなのだが、授業が始まってみると意外なことが分かってきた。

授業姿が格好いいのだ。

「地学は扱っていない高校も最近多くなっています。その上、理系志望者は物理や化学を履修することが多く、地学は文系志望者が多く履修します。しかし、地学とは地球と宇宙についての学問であり――」

ホームルームや最初のオリエンテーションではただぼそぼそしゃべっているだけだと思っていた。

ところが、教え方はうまい。どこか颯爽《さっそう》としていて、授業中の脱線話も面白い。地球上の雲がいつもだいたい一定量で、極端に増減しないなんて初めて知った。

「みなさんの中には地学は受験に使わないから〝捨てている〟人もいるかもしれません」

クラスで何人かが顔を見合わせて苦笑いしていた。

そんなことは織り込み済みとばかり、充希さんが続ける。

「しかし、それは大変もったいないです。せっかく天の川銀河の中の地球に生まれているのですから、自分がいまいるこの美しい場所を勉強することは、とても素晴らしいことだと思います」

銀河や宇宙から見た地球の写真を見せながら、訥々《とつとつ》と表情を変えずに充希さんが説明していく。みんな授業に引き込まれていた。

その充希さんが家に帰ると緩い格好で寝っ転がり、ポテチをかじりながら、「職員会議疲れたよー」と駄々っ子みたいにしているんだぞ。何なんだ、このかわいい生き物は。

クラスメイトの誰も知らない充希さんのギャップに、内心ひとりでダメージを受けながら真面目に授業を聞く。

地学室での授業が終わってクラスに戻る途中で星野が話しかけてきた。

「さっきの地学、すげえ真面目に聞いてたな」

「面白かったじゃん」

「ああ。けど、御厨《みくりや》先生、真面目すぎだよ。もっとギャグとか入れてほしいよ」

「ギャグねえ……」

俺の部屋で十年前のギャグを披露しては、俺がついていけなくて微妙な空気によくなってるよ。ギャグが滑ったつらさとジェネレーションギャップの悲しさが相まって、充希さんは結構なダメージを受ける……。

「ギャグって感じじゃないだろ、うちの担任」

と、松城も会話に加わった。

「まあ、無理だよなあ」

と、星野が大仰にため息をついている。

「無理無理。それにあの地味さじゃ、どんなギャグを言っても滑るだろ」

星野と比べると線が細い松城だが、ちょっと皮肉屋なところがある。

「だよなあ」

と、松城の言葉に、星野がいい加減に頷《うなず》いている。

おまえらが知らないだけで充希さんは、とってもかわいいんだぞ。

おいしそうにごはんを食べるときの笑顔とか、あまり上手じゃない『スーパー〇トⅡ』で負けが込んだときの涙目とか、すごいんだぞ。

「御厨先生って家でもあのまんまなんだろうな」

「何か昆布茶とか飲んでそうだよな」

俺が松城と星野のやりとりを曖昧に聞き流していると、言いたい放題になってきた。そして昆布茶に罪はない。

たしかに家でも見た目そのものは地味教師モードがメインだ。しかし、とてもかわいい。

それに充希《みつき》さんはまだ変身を残している。

ふと思い立ったときにメガネを外して超絶美人モードに変身し、俺をくすぐるというたいへんなセクハラの破壊力。そんなときに胸元がチラリと見えたりすると、G退治のときのランジェリー姿が否応《いやおう》なしに思い出されるわけで。

マジでよく理性保てているよな、俺——。

「それにしても藤本《ふじもと》、地学の授業、本当に真面目だったよな」

「松城もそう思っただろ。他の授業でも真面目だけど、ひょっとして御厨先生に惚れてんじゃねえの？」

星野は俺の首に腕を回した。無意識の一撃は恐ろしい。

「そんなんじゃねえよ」と、即座に否定。

「お、赤くなった」と、松城が笑っている。

顔が熱くなるのは星野の腕から逃れようと軽く暴れることでごまかす。

「にしたって、彼女とかってどうやったらできるんだよ」

向こうから突然プロポーズされてできるんだよ、とは言えるわけがない。

「藤本は彼女欲しいとか思わないのか？」

「とりあえず、いまのところは」

間に合っていますから。……なんて言えないけど。

「やっぱり御厨先生狙いなんじゃないのか、おまえ」

「ちげえよ」

星野はこの手の話題が好きだな。

そのとき、松城がこんなことを言った。

「御厨先生っていえばさ、実は巨乳なんじゃね？」

バキ——。

「いまなんか変な音しなかった？」と星野。

「何も聞こえなかったよ」と俺。

「御厨先生、白衣でよく分からないけど、結構、デカいよ」と松城が話を続ける。

星野が目を輝かせた。

「マジかよ」

「マジ。一見地味で隠れ巨乳とかヤバいだろ」

バキバキ——。

「やっぱり何か聞こえたぞ」と星野が焦る。

……音は俺の筆箱から発せられていた。

松城の発言に、我知らずシャーペンを握りつぶしていたのだ。

「気のせいだろ」

「いやでも俺にも聞こえたよ」と諸悪の根源の松城。

「気のせい」と押し切りながらも、軽く手が震える。

松城め、充希さんにその淫猥《いんわい》な視線を向けるんじゃない。

「つ、次の授業は数学だっけ。たりいなあ。毎日三時間くらい体育でいいよ」

星野が話題を変える。こいつの空気読み能力はすばらしい。それでもって松城にはいつか復讐《ふくしゅう》する。

そう心に決意していたら、不意に女子の声がした。

「ふむふむ。藤本くんは真面目な性格で地味めの女性が好みということっすね」

「お、ぎゅう。また取材か」

という星野の声に、その女子——クラスメイトの牛久《うしく》晴子《はるこ》が、にかっといい笑顔で応えた。ついでに星野が俺のことを解放してくれる。

元気なサイドテールのちっちゃい子。八重歯がチャームポイントらしい。新聞部所属。いつも一眼レフのデジカメを首から提げて、メモ片手に教室をちゃかちゃか動いている。快闊《かいかつ》で顔立ちもかわいらしく、小動物的な感じなので、「牛久」の名字から「牛《ぎゅう》」というあだ名で呼ばれていた。この子も高入組だが、うまく溶け込んでいる。

「クラスメイト紹介号の取材っす」

ぎゅうちゃんが、ぴしっと敬礼した。

「おまえ、背がちっちゃいから敬礼なんかしてもマジで小学生みたいだな」

「星野《ほしの》くん、ひどいっす！　いまのは〝セクハラ〟っす！　本紙で糾弾するっす！」

「マジかよ」

星野は笑って取り合わない。まあ、ぎゅうちゃんも本気ではないと思うけど。

「そっちは冗談すけど、藤本くんの疑惑は追及するっす」

「俺の疑惑って何だよ、ぎゅうちゃん」

ぎゅうちゃんがメモを構えてにたりと笑う。

「さっき言ってた好みの女性のことっす」

「どこに疑惑があるんだよ」

「なくても疑惑と言っておけば部数が伸びるっす」

「最低だな！」

ぎゅうちゃんこそ糾弾されろ。

「いやー、クラスメイト紹介でいろいろ取材してるんすけど、藤本くんだけネタがまるでなくって困ってたところだったんすよ」

「俺が何もない人みたいに言うな」

とはいえ、身に覚えはある。

充希さんを守るためにも、良くも悪くも目立たないように心がけているのだ。

「本紙は長期みっちゃきゅ取材を心がけているっす」

長期密着取材。かみかみじゃないか。

「おい、ぎゅう。俺に密着取材はしないのかよ」

「星野くんはもうネタが挙がってるっす」

「ネタって何だよ」

「『野球部のホープ、マネージャーに憧れるも撃沈』」

「何で知ってんだよ！」

星野がぎゅうちゃんと遊んでいるあいだに、俺はするりと話の輪から抜ける。密着取材なんてされたらたまらない。

そのとき、後ろからやって来た充希さんが、俺たちを追い抜いていった。

ちらりと見えた横顔から、俺に向けて絶対零度の目線が投げかけられている。

その日、充希さんは仕事で遅くなるとのことで、夕食は一緒に取らなかった。

翌日の朝も、朝食を済ませるとばたばたと充希さんは出ていってしまった。

そんななか、事件は唐突に起こったのだった。


うちの学校では昼食に給食はない。附属の中学は給食があったが、高校では弁当を持参するか、買わなければいけない。学内には購買部もあるし、近くにはコンビニもあるから、昼ごはんは買い食い、という生徒も少なくなかった。

充希さんは当然の如《ごと》く弁当を作ると言ってくれたのだけど、さすがにそれは悪い。それにまだみんなには内緒にしているけど、俺がひとり暮らしをしているとクラスメイトに分かったときに、弁当を持ってきていたらどうだろう。俺なら、男子高校生が毎朝自分で弁当を作っているというのはちょっと信じがたい。

そういうわけで、昼も充希さんの手料理を食べたいけど、安全策で昼ごはんは学内の購買部でパンを買ったりしている。

ちなみに、入学して日が浅いけど俺がよく買うのはソーセージが一本載っているホットドッグのような調理パン。ケチャップではなくマヨネーズというのも、高校生男子にはパンチが効いている。そのうえ「一本勝負」という勇ましい名前。俺だけでなく、みんな大好きな、購買部の人気商品だった。

飲み物はその日の気分で決める。牛乳の日もあれば、カフェオレや炭酸にしたりもする。今日は炭酸な気分だった。

購買部は南校舎二階と北校舎二階をつなぐ渡り廊下のところにある。南校舎はいわゆる普通の教室があり、北校舎は美術室や調理室といった移動教室が占めている。なお、その中で珍しく地学室は南校舎一階にある。

昼休みになると、購買部は一挙に賑《にぎ》わう。男子も女子もない。ここは戦場なのだ。

教室の配置の関係で購買部にいちばん近い南校舎二階の三年生たちがだいたい最初に買いに来る。俺たち一年生は南校舎三階。二年生は南校舎の奥で二階と三階に分かれて配置されていて、購買部からはいちばん遠い。

「今日も混んでるなー」

と、松城《まつしろ》がうんざりした声を出した。

「みんな、昼ごはんは大事だからね」

「俺も星野みたいに弁当作ってもらおうかな」

松城が嘆く。星野は野球部の練習もあるので、昼ごはんは肉主体のがっつりした弁当だし、部活前に食べるためのおにぎりも持ってきていた。

「お、藤本くんも購買っすか」

一眼レフを構えたぎゅうちゃんが声をかけてくる。

「ぎゅうちゃんも？」

「そっす。藤本くんにいいところで会ったっす」パシャパシャ。

「どうでもいいけど、何でここで俺の写真を撮るの？」

「密着取材っす」

「購買でたまたま会っただけだと思うけど」

「そんなことないっす。一日中ずっと追いかけてるっす」

「結構危険なこと言ってるな」

ストーカー行為はやめてほしい。間に合ってますから。

「ふたりとも、早くしないとなくなっちゃうよ」

と、松城をせかして購買部に入ろうとしたときだった。

後ろから強く背中を押された。

「おっと」

よろめいて松城にぶつかる。見れば、背後からやって来た男子生徒が俺を突き飛ばすようにして購買部に入っていったのだった。気持ちがいい感じはしない。

いま俺にぶつかった男子が、ちらりとこちらに顔を向けた。メガネをかけ、冷たい目つきをしている。背は俺より低いが、一年生のクラスで見たことのない顔。この時間にあとから来たところから、二年生なのかもしれない。

その男子生徒は明らかに俺にぶつかり、俺と目が合ったにもかかわらず、無視した。

嫌な奴《やつ》だ、と思った。

「大丈夫かよ」

と、松城が少し迷惑そうにした。どうやらさっきの奴に気づいていないようだ。

「ああ、悪い」

幸い、俺と松城の分の一本勝負は確保できた。松城は他にもパンを取って早々にレジに向かっている。

「自分のはないっすか」

と、俺の後ろでジャンプしながらぎゅうちゃんが情けない声で質問した。

「あー……ないっすなあ」

「がーん」

ぎゅうちゃんが分かりやすく落ち込む。トレードマークのサイドテールも力なく垂れているように見えた。

「ひょっとしてぎゅうちゃんも、一本勝負、食べたかった？」

「しくしく。この学校で一本勝負が嫌いな生徒はいないっす」

本気で涙ぐんでいた。

ちょっと考えたけど、俺は自分の分の一本勝負を差し出した。

「これ、ぎゅうちゃん食べていいよ」

「へ？　まじっすか」

「女の子が食べたかった物を俺だけが食べるっていうのは、どうもいやなんだ」

突然、ぎゅうちゃんが俺の両手を握りしめた。

「藤本《ふじもと》さま～」

「何だよ、いったい」

「あなたはどんだけ心が広いんすか。自分、藤本さまを称《たた》える記事を連続特集させていただくっす！」

「遠慮しておくよ」

まあ、それだけ喜んでもらえたら、悪い気はしないけどね。

さて、一本勝負の代わりに何を買おうか。ツナサンドか焼きそばパンはないかと奥を見ると、さっき俺にぶつかった男子生徒がいた。しかし、向こうは俺が見えていないようだ。

変に冷めた顔をしている。

そのくせ、まわりの様子をちょこちょこ確かめていた。

「どうしたんすか」

と、一本勝負を大切そうに持ったぎゅうちゃんが質問してくる。

「ああ、ちょっとね」

俺の視線の先を見たぎゅうちゃんが、眉をひそめた。

「二年A組の保坂大助《ほさかだいすけ》先輩っすね」

「知ってるの？」

「新聞部の情報力を舐《な》めないでほしいっす」と言って平たい胸を張ったあと、声を小さくして続けた。「高入組なんすけど、保坂先輩の父親は市議会議員をしててうちの学校に多額の寄付を納めているっす。だから、そのことを鼻にかけてとかく威張りたがるんす。でも、学力も運動もぱっとしないんで、裏ではみんなバカにしてるっす。藤本くんもあんまり関わんない方がいいっすよ」

「ははあ。なるほどね」

「じゃ、自分、レジに行ってくるっす」

もう一度、保坂先輩に目を向けたときだった。

俺は見てしまったのだ。

保坂先輩が、手近にあったラスクを制服の下に隠し入れるのを。

あいつ、まさか万引き——？

声をかけようとして思いとどまった。ここはまだ購買部の中。レジに行くかもしれない。

だが、このまま購買部から出ていくなら——万引き確定だ。

俺は残っている数少ないパンを物色する振りをしながら、保坂先輩の挙動を見張る。

保坂先輩はおにぎりとお茶を手にしてレジに行き、お金を払った。

しかし、制服の内側に入れたラスクは精算していない。

そのまま保坂先輩が購買部の外へ出た。

俺も、保坂先輩に続いて購買部を出る。先輩は気づかない。足早に去ろうとしていた。

その肩を、俺は力いっぱい摑《つか》んだ。

「保坂先輩、制服の中にお金払っていないラスク、持ってますよね？」

肩を摑まれた保坂先輩が身をよじって俺の手から逃れようとする。だが、俺の手を振りほどくには力が弱い。

「放せよ！」

叫んだ保坂先輩が、俺の頬を殴る。

鈍い痛み。予想外だった。しかし、保坂の肩は放さない。

保坂が暴れる。保坂の肘。唇に当たり、感覚がなくなる。保坂は俺の腹に膝を入れる。

とうとう俺も殴り返す。周りの生徒たちが騒ぎ出す。女子の悲鳴。

倒れた保坂の上に馬乗りになる。制服の上着に手を突っ込む。証拠のラスクを摑んだ。

少し砕けていた。

そのときだった。

「おい、おまえたち何をしている！」

「藤本くん！」

聞き慣れた声がした。

顔を上げるのと同時に身体《からだ》が強引に引き上げられる。

気がつけば男性体育教師ふたりに両腕を押さえられていた。

「放せ、あいつが――」

と、保坂を糾弾しようとしたのだが、俺は言葉に詰まった。

「藤本くん」と、充希《みつき》さんが涙をいっぱいためた目で俺を見ていたからだった。

入学式以来、二回目の生徒指導室は、妙に肌寒かった。

校舎全体では五時間目の授業をやっていて、変に静かなのだ。

一回目と同じく、俺の目の前には担任である充希さんが座っている。

入学式のときには充希さんからプロポーズをされる展開だったが、いまはある意味それとは正反対。俺は、体育科で柔道を担当している学年主任の先生に思い切り絞られ、さらに担任の充希さんから厳しい指導をいただくことになっている。

学年主任に怒られながら、生徒指導室の使い方としてはこちらの方が正しいよなと考えるくらいの余裕はあった。

事情もきちんと話した。

しかし、充希さんとふたりになり、充希さんが相変わらずメガネの奥に涙をためているのを見たら、何も言えなかった。

「ごめんなさい……」

保坂の万引きを止めたことは間違っていないと思う。

ただ、充希さんにこんな顔をさせた自分がとにかく情けなかった。

下を向いたら涙が落ちそうなので、うつむくだけにしている。

「藤本くん、他に方法はなかったの?」

と、充希さんがハンカチを口元に当てて、鼻を啜《すす》っていた。

俺はもう一度、「ごめんなさい」と謝るしかなかった。

充希さんが鼻をもう一度啜って、話し始めた。

「相手の二年生の方は、『先に暴力を振るわれた』と言っているの」

「——先生は、相手の方が正しいと思うんですか?」

「そんなことないよ!」

充希さんが即座に否定した。話し方はまるっきりふたりでいるときのままだった。

「ありがとうございます」

「けど、藤本くん、私はあなたの担任なの。担任だからきみの肩を持っているんじゃないかって言う先生だっているのよ」

その言い方に引っかかるものを感じ、わざと言った。

「保坂は親が市議会議員で寄付金をいっぱい払っているからですか。その基準で考えれば、たしかに俺は信用度の低い家でしょうけど」

「藤本くん、私はそんなこと言ってないでしょ」

「でも、そんなことを言って御厨《みくりや》先生を困らせる教師がいることは事実なんですよね?」

充希さんが返事の代わりにため息をついた。

どうやら思ったより旗色は悪いらしい。

チャイムが鳴った。五時間目が終わった。今日はこれで授業はおしまい。

だが、この分だともうしばらく俺はここにいるようだった。

休み時間になって、廊下が急に騒がしくなった。しかし、生徒指導室だけは静かだった。

重い沈黙に耐えているると、急に生徒指導室のドアが乱暴にノックされた。

「御厨先生、こっちにいるって聞いたっす。自分、新聞部の牛久《うしく》晴子《はるこ》っす。購買部殴り合い事件の真相を持ってきたっす！」

思わず充希さんと顔を見合わせる。〝購買部殴り合い事件〟ってすごいネーミングだな。

その間にもドアががんがん殴られ続けている。

「先生、早くドアを開けないと、『スーパー〇トⅡ』のボーナスステージみたいに破壊されますよ」

「そ、そうですね」

表情に乏しい地味教師モードに自分を律した充希さんが、ドアを開ける。激しいノックを繰り返していたサイドテールのちっちゃな女の子が、勢い余って充希さんにぶつかった。

「わお！　白衣で気づかなかったけど、御厨先生のおっぱいは極上のマシュマロ。これはメモを取らねば」

「取らないでください」「取るんじゃねえ」

充希さんと俺の声が重なった。この八重歯娘こそ、セクハラで糾弾されろ。

「それで、先ほどの事件の真相がどうこうと言っていたようですが？」

ほとんど役所対応の口調で充希さんが尋ねると、ぎゅうちゃんは首にかけていた一眼レフの画面を俺たちに見せた。

「これを見てほしいっす」

「これは……？」

「藤本くんの証言が正しいということを裏付ける一枚っす」

充希さんがのぞき込み、充希さんの背後から俺も首を伸ばした。

そこに映っていたのは、問題の保坂がラスクを懐に入れる決定的瞬間だった。

「この写真――ぎゅうちゃん、よく撮ってたね」

俺が驚いた声を上げると、ぎゅうちゃんがちっちゃいなりに胸を張った。

「新聞部を甘く見ないでほしいっす。藤本くんが保坂先輩を何だか気にしていたので、禁断の関係なのかと思ってカメラをこっそり構えていたっす」

「動機に対して一定の疑問はなくはないけど、でかしたぞ、ぎゅうちゃん」

「それだけじゃないっす」と、ぎゅうちゃんが自慢のデジカメを操作する。「動画もあるっす」

「あ、この動画は――」

充希さんがさすがにびっくりして声を出す。俺も思わず「おお」と声が出てしまった。

ぎゅうちゃんが見せたのは、ラスクを制服に隠した保坂が、ラスクは隠したままそれ以外のものを精算し、購買部から出ていく姿だった。

これで万引き確定である。

さらに、その保坂を俺が呼び止め、逃げないように肩を摑む様子が撮影されている。動画で自分の姿を見るのって写真よりも慣れないものだな。ましてや、万引きを逃がすまいとしているシーンだ。結構怖い顔をしていた。

それに対して暴れる保坂。そしてついに、保坂が先に俺を殴りつけた瞬間まで、完全に一部始終が言い訳のできない動画で撮られていたのだ。

デジカメだから可能なことだった。

「これが決定的瞬間っす。さっきの写真は、この動画からキャプチャしたものっす」

ぎゅうちゃんが高らかに宣言した。

「たしかにこの写真と動画は、保坂くんが万引きしていたという証拠ですね。藤本《ふじもと》くんが無実だという証拠にもなる」

充希さん、見た目は地味教師モードのままだがだいぶ興奮しているみたい。だんだん地味教師モード充希さんの表情読み取りレベルが上がっているのかもしれない。

「御厨先生、この写真、学年主任の先生と保坂先輩本人にもつきつけてくださいよ」

「そうですね」

地味教師モードではあるが、泣きぼくろの辺りの雰囲気からして大喜びしている感じだ。

「それならプリントしたものを持っていくといいっす」

「用意がいいですね」

「へへへ。クラスメイトの濡《ぬ》れ衣《ぎぬ》を晴らすためっす。新聞部は正義の味方っすから。動画はちゃんとデータコピーもしてあるっすから、ご安心くださいっす」

俺にここで待つように告げて、充希さんがプリントした写真とぎゅうちゃんのデジカメを持って生徒指導室を出ていった。

「ぎゅうちゃん」

「何すか」

「本当にありがとう」

ぎゅうちゃんの目をしっかり見て頭を下げる。

途端にぎゅうちゃんがわたわたし始めた。

「そ、そんなことされると照れるっす。……ああ、そうっす、一本勝負を譲ってもらったお礼っす」

こいつ、いい奴《やつ》なんだな。

しばらくして、充希さんが戻ってきた。学年主任も一緒だった。

「この写真と動画を撮ったのはおまえか」

　と、学年主任がぎゅうちゃんに確かめた。

「そうっす。御厨先生の一年E組の牛久晴子っす。新聞部っす」

　学年主任がため息をついた。充希さんも微妙にぶすっとしている。

「これだけか？」

「はい？」

　と、ぎゅうちゃんが学年主任に聞き返した。

「この写真と動画を見た相手の生徒が、こう言い返してきたのです。『こいつに脅されて万引きした。怖くなって逃げようとしたら捕まっただけだ』と」

　充希さん、保坂《ほさか》の名前も言わない。

「俺、あいつのことなんて知りませんよ。購買部に行こうとしたときに後ろから急にぶつかってきたくらいで」

「向こうもおまえのことは知らないそうだ。『知らない奴にいきなり休み時間に捕まって、万引きを強要された』と言っている」

「先生はそれを信じるんですか？」

　それとも俺はそんなことをしでかしそうなほど信用がないのか、人相が悪いのか。

　しかし、さすがに学年主任の先生も苦笑いした。

「まったく信じていない。けどな、生徒がそう訴えてきたら、一応調べなきゃいけない」

「そうですか」としか答えようがなかった。

学年主任が面倒くさそうに打ち明ける。

「本心を言えば、二年の保坂がクロなんだろうと思ってる」

「……そんなことを言っちゃっていいんですか」

「まあ、一応、おまえは中学時代に生徒会副会長やってたしな」

「はあ。ありがとうございます」

高等部への進学を確実にするための努力が、思わぬところで功を奏してくれていた。

それに、と学年主任が充希さんを横目で見た。

「御厨先生がこんなにかんかんに怒っているのは、初めてだからな。おまえ、信用されているな」

「え？」

思わず充希さんの顔を真正面から見てしまった。

充希さんは俺の視線をもろに受けているのに、顔色ひとつ変えない。

完全に地味教師モードで固定されている。

学年主任の言葉に対しても、充希さんはまったく無反応。

この沈黙が充希さんの怒りを表しているのだとしたら、これはとんでもなく激怒している。俺はまだまだ充希《みつき》さんの表情読み取りレベルが甘いらしい。

「そういうことで、保坂の言い分に対抗できるものはないか」

「先生、そういうことでしたら、弁護人はさらにこれらの写真を追加の証拠として申請するっす」

　ぎゅうちゃんが高くまっすぐに右手を挙げて、一眼レフを見せた。

　学校へ登校してきた俺。上履きに履き替えている俺。教室で星野《ほしの》としゃべっている俺。休み時間にトイレに行く俺……。

「俺ばっか写ってるこの写真たちは何？」

　ぎゅうちゃんに尋ねる声がちょっと低くなった。

「このまえ話したとおり、うちのクラスの他のみんなはある程度面白げな記事を書けそうなんすけど、どーしても藤本くんだけネタが見つからないんす。で、今日から密着取材を本気で始めたっす」

「本当にそんなことしてたのかよ！」

　密着取材、恐るべし。戦慄した。先生たちも引いているじゃないか。

　しかし、当の本人は満面の笑みだった。

「この写真を見れば、藤本くんが自分の教室とトイレしか行っていないことが分かるっす。しかも今日は教室の移動がある教科がなかったから、露骨に結果が出てるっす」

「話をしているクラスメイトも、星野くんと松城《まつしろ》くんがほとんど。友達がほとんどいないのではないかということが推測されるっす」

「まあ、そうだね」

「いまそれって必要な論点かな!?」

目立たないためには友達だって少ない方がいいじゃないか。別に泣いてないからね。

「要するに、『脅されて万引きをした』と向こうが言っているとしても、そもそも藤本くんが相手方に会っていない、ということの証明になるわけですね」

「御厨《みくりや》先生の言う通りっす！」

言わんとすることが伝わってうれしいのか、ぎゅうちゃんが充希さんに抱きついた。

充希さんと真逆と思える元気娘の抱擁に、充希さんは目を白黒させていた。


ほどなくして、今度こそ俺の嫌疑は晴れた。

ぎゅうちゃんは諸手《もろて》を挙げて喜んでいたが、校内で俺が殴り合いをした事実は変わらない。休学や停学にしない代わりに、改めて副校長先生と学年主任から厳しいお叱りを受けた。「事情は考慮するが、やり方を考えるように」ということだ。

ついでにぎゅうちゃんも、密着取材のやり方を考え直せと指導されていて、俺としては当然だよなと思うような、申し訳ないような、複雑な気分だった。

その後、俺の身柄は改めて担任の充希さんに引き渡され、もう一度、生徒指導室に戻ってきた。ぎゅうちゃんはもういない。

しばらく向かい合ったまま黙っていたが、充希さんが微笑《ほほえ》んでメガネを外した。

「よかった……」

充希さんが白い指先で目元を拭っている。

大切な人の涙を前に、俺はまたしても何も言えなくなってしまった。

俺が、しっかりしないといけない。

「ごめんなさい――」

そう謝ると、充希さんが鼻を啜《すす》っていた。

「これから、しばらくの間は。ぐすっ。周りの目は厳しいかもしれないけど――私は藤本くんの味方だから」

「…………っ！」

さっきもそうだった。充希さんは最初から最後までずっと俺の味方だった。俺はこの人にこんなにも守られているんだと思うと、熱いため息が出てくる。

でも、学年主任の先生がびっくりするほど俺のことを信じてくれて……大丈夫だったのだろうか。

それもこれも、俺をかばうため。

俺はずっと、充希さんの社会的立場を守りたいと思っていたけど、充希さんの負担になってばかりだった。問題を解決するために俺がしたこともほとんどない。ぎゅうちゃんがストーカー一歩手前な入念さで今日の俺を記録していてくれたから助かったのだ。

子供の浅はかさ。自分が嫌になりそうだった。

「先生とぎゅうちゃんのおかげで、救われました」

俺が悔悟の想《おも》いを込めて言うと、涙を拭った充希さんは咳払《せきばら》いした。

「〝ぎゅうちゃん〟……」

「ええ。あいつのおかげで助かりました」

「彼女のおかげで助かったのは事実だけど……仲良すぎない？」

充希さんの声が変わっていた。

「え……？」

「〝ぎゅうちゃん〟とか、〝あいつ〟とか。きみ、たるんでるんじゃないの⁉」

「えええええー⁉」

思わず大きな声が出てしまった。他の先生に怪しまれないだろうか。

「ひきつづき聴聞会を開きます」

充希さんが宣言した。

「はあ」

「藤本《ふじもと》くん、床に正座」

「え？」

「正座」

いまなら目線だけで熊をも殺せそうな充希さんの一瞥《いちべつ》に、俺は即行で床に正座した。

「ちょ、聴聞会とは一体……」

「お慈悲で、きみに弁明の機会を与えます」

メガネをすちゃっと直す充希さん。うう、先生が怖いです。

「えっと、弁明ということでしたが、俺、僕は何をしたのでしょうか」

さっき、味方だと言ってくれたんじゃなかった――？

全世界の人々は死刑判決になると分かっているのに、自分だけが事態を把握していないあわれな被告人に判決を申し渡す裁判官のように、充希さんが重々しく言った。

「牛久《うしく》晴子《はるこ》さんとの関係について子細に申し述べなさい」

「……は？」

思わず間抜けな声が出た。

充希さんがまなじりを上げた。

「『は？』ではありません！　そそ、そんなきょとんとした顔をしても、かわいいなんて思わないんですからね！」

なぜか赤面している充希さん。冷酷な裁判官は去っていったようだ。

「えっと、ぎゅうちゃんがどうかしたんですか？」

「だからそれ！」と、充希さんが右手の人差し指で厳しく俺を指さした。「何ですか、その〝ぎゅうちゃん〟という呼び方は!?　破廉恥です！」

「は、破廉恥って……クラスのみんながそう呼んでるじゃないですか」

「私のクラスはみんな破廉恥!?」

「落ち着いてください」

「昨日から気になってた！　地学のあと、廊下で、牛久さんに〝ぎゅうちゃん〟って、なれなれしく！」

充希さんの語彙力が著しく低下している。だけど、言いたいことは何となく分かった。

「地学室から教室に戻るときに、充希さんがものすごい目で俺を睨《にら》んでいたのは、ぎゅうちゃ……牛久さんと俺がなれなれしくしていると思ったからなんですね？」

それで昨日から今日にかけて何かぎくしゃくしていたのか。

「そうだよぉ……」先程までの気合いはどこへやら、充希さんが肩を落とす。「学校では私は先生だから距離を取らないといけないのに、藤本くんは他の女の子といちゃいちゃ。これって浮気？」

「浮気なんてしてないです。充希さんも聞いてたでしょ？　密着取材をするとか言われて逃げてるんです」

「みみみ、密着!?　何て破廉恥な！」

また暴走しかかる充希さんをなだめる。どうどう。

「ひょっとして充希さん、寂しかったんですか」

まだ肩で息をしていた充希さんの動きが止まった。口がへの字になり、みるみる目に涙が溜《た》まる。充希さんは椅子から力なく滑り落ち、俺の前に正座した。

「ううっ、そうだよぉ。学校では先生してなきゃいけなくて、寂しかったんだよぉ。藤本くんのばかぁ。おたんこなすぅ」

ぐずぐず泣きはじめた充希さんに俺はハンカチを渡す。充希さんがお礼を言って涙を拭っていた。

そうだよな。

俺だって学校で充希さんとおしゃべりできないのはつまらない。

でも、俺には星野や松城、それこそぎゅうちゃんだっているもんな。

充希さんが職員室でどう過ごしているか知らないけど、社会人だから俺たち高校生みたいにおしゃべりばかりしてられないだろう。美術の堀内《ほりうち》先生とは仲がいいらしいけど、堀内先生は基本的に美術室にいるらしい（星野情報）というし。

「ごめんね、充希さん」

俺が頭を下げると、充希さんがびっくりしていた。

「違うの、藤本くん。私が勝手にヤキモチを焼いていただけなんだから」

ヤキモチ。その言葉にちょっと頬が緩む。

「充希さん、ヤキモチ焼いててくれたんだ」

「……そうだよ」

充希さんが口を尖《とが》らせた。……かわいいなあ、もう。

「こんなときだけど、俺、ちょっとうれしいです。充希さんにヤキモチ焼いてもらえて」

「当たり前でしょ。プロポーズしたんだもん。——聴聞会は閉会。お夕飯は何がいい？」

充希さんが顔を赤くしてふくれながら、立ち上がろうとした。

「でも、充希さん。俺だってヤキモチみたいな、モヤモヤしている気持ちはありますよ」

「へ？」と、立ち上がりかけた充希さんが再び正座する。「藤本くんも、ヤキモチ？　どうして？」

小首をかしげた充希さんが、子供のような目で俺を凝視する。思わず頬が熱くなった。

「いや、ヤキモチっていうかイラッときたっていうか」

「何があったの？」

そう言いながら充希さんが俺を覗《のぞ》き込むようにする。思わず目線が充希さんの胸元へ落ちた。

「クラスのヤツが、充希《みつき》さんの、その、胸が大きいって、盛り上がっていて」

「え――？」

「授業中の充希さんはすごく授業も上手で、格好良くて。その上、胸が大きいみたいな話になってて……。だけど、俺、充希さんがそんなふうに見られるのも嫌だし、充希さんも隙作らないでほしいし」

言ってて自分の顔が熱くなるのが分かる。本人を目の前に胸の大きさの話なんて……。

充希さんもぼぼぼんっと真っ赤になった。両腕で胸を挟むような形になって、ますます大変なことに。……気まずいのであります。

「あう、あう」としばらくアシカになっていた充希さんが、いきなりメガネを外した。

これは――超絶美人モード……！

いいのか。いまの生徒指導室でこんなことになってしまって――！

「藤本くん、心配しなくていいのよ。私はきみだけのものなんだから」

「み、充希さん、にじり寄ってこないで！」

胸元を寄せて、大きくて柔らかいことを強調しないで！

「うふふ。だから、藤本くんも、自分が誰のものなのか、ちゃーんと自覚して行動するように。ね？」

「はい、分かりました」

充希さんが白くて細い指先で俺の顎の辺りを撫《な》でた。

上気した充希さんの美貌と相まって、もう限界です。勘弁してください。

その願いが通じたのか、充希さんの動きがぴたりと止まった。

逆再生のようにもとの体勢に戻って、メガネをかける。いつもの充希さんが帰ってきた。

まったく、この人は何て——。

恥ずかしさや悶々《もんもん》とする気持ちを静めようと思ったら、こんな話をし始めていた。

「充希さんは担任だし、覚えてるかもしれないけど、中一のときに俺の母さんが死んじゃって」

俺が話し始めると、充希さんは表情を改めた。

「うん」

「そのときは何が起こったのか分からなかった。親父《おやじ》は死んだ母さんの身体《からだ》にしがみついて泣き続けていたから、俺がしっかりしなきゃって思ったんだ。でも、それからじわじわ分かってきた。ああ、これが『悲しい』ってことなんだって」

「うん」

と、充希さんは静かに相づちを繰り返す。

「それから一年ちょっとで、親父が再婚した。俺にはちょっと信じられなかった。母さんが死んであんなに泣いていたのに、たった一年ちょっとで再婚。——俺の気持ちはまだどこにも行っていないのに」

「…………」

「再婚相手はきれいでいい人だったよ。その人にも俺より年下の女の子がいた。義理の母も、前の旦那さんを五年前に事故で亡くしたんだって。だから、義理の母や妹が、うちの親父と新しい家庭を持つことはいいと思う。……解決していないのは俺の心だけ」

「お父様のことは、責めてないのね？」

「いまは。でも、そのときから俺は自分に戒めたんだ。『世の中は理不尽なことが起こるものだ。突然、誰かが死んだり、突然、結婚したり。だからこそ、自分が正しいと思ったことはできるかぎり貫こう』って。そのせいでさっきは、もめ事起こしちゃったし、充希さんにもいっぱい迷惑かけちゃいました。理由になんてならないけど、こんなこと話すこと自体がまだ子供なんだって思われるかもしれないけど。本当にごめんなさい」

　充希さんが俺のハンカチで、また目元の雫《しずく》を拭った。

「藤本くん、そんなに悲しい目をしないで」

　充希さんに言われてどきりとした。

「そんな目、してませんよ」

「してる。藤本くんには見えないだけ。ねえ、藤本くん。私、きみのそんな悲しい目は見たくない。私の全力で、きみを守りたい」

不意に胸から熱いものが押し寄せてきた。

「何かそれ、男の俺が言わなきゃいけない言葉じゃないですか」

「でも、私の本心だから」

目から涙が少しこぼれた。恥ずかしかったけど、いま泣くことは決して恥ずかしいことではない気がした。

充希さんが俺の頭に手を置いた。まるで羽毛のように優しかった。

「はい、今度こそほんとに聴聞会はおしまい。さっきの副校長先生たちのお説教で処分はおしまいだと思うけど、あとは私が引き受けるわ。そろそろここから出ましょうか」

充希さんがにこやかに立ち上がる。

「あ、そうだ。充希さん」と、俺はふと声をかけた。

「なあに?」

「俺が充希さんのことをふたりっきりのときには下の名前で呼ぶみたいに、俺のこともふたりっきりのときには下の名前で呼んで下さい。『千里』って」

充希さんがほにゃほにゃした顔になった。

「何なの、その素敵発言。きみは私を幸せにするために生まれてきてくれたの?」

「そんな大げさな」

充希さんが軽く咳払《せきばら》いして俺の名前を呼んだ。

「――千里くん」

その瞬間、身体に電撃が走った。気恥ずかしげにうつむいた充希さんの振る舞いがさらに俺の気持ちにとどめを刺す。

好きな人に自分の名前を呼んでもらえるのって、すごく幸せなことなんだな。

またひとつ、俺たちふたりの新しいルールができた。

そんな甘くて胸の奥が苦しい感覚を味わいながら、生徒指導室のドアを開ける。

するとそこには――。

「あ」

聞き耳を立てているぎゅうちゃんがいた。

「おまえ、何やってるの……？」

血の気が引いた。

「どうかしましたか、藤本《ふじもと》くん」

地味系教師モードにチェンジした充希さんが、俺の後ろから覗き込む。

「あはは。藤本くん、御厨《みくりや》先生、どうもです」

ぎゅうちゃんの存在を認めた充希さんが、氷の彫像と化した。

「おまえ、ここでずっと話を聞いてたの……？」

「あ、いえいえ、そんなことはないのですよ？」

絶対、嘘《うそ》だ。

普段の「〜っす」というしゃべり方じゃなくなっている。

それだけ衝撃的なことを聞いてしまったということ。

俺と充希さんのただならぬ関係の会話を聞いてしまったのではないのか——。

「え、えへへ。おふたりって実は——」

ぎゅうちゃんが決定的な質問を投げかけようとする。

目の前が暗くなった。

充希さんを守りたいと思った矢先に、これだ。

そのとき、突然、女性の声がした。

『私はあなたのものだから』

突然聞こえてきた愛の言葉に、心臓が止まりそうになった。

振り返れば、氷の彫像、もとい充希さんが自分のスマートフォンで動画を再生している。

「ごめんなさい。私、ドラマの動画をうっかり再生させてしまいました。それが外に漏れていたみたいですね」

充希さんが苦しいフォローを入れてくれた。

「ああ、そのドラマ、俺も好きで見てるって話をしてたんだよ。ははは」

「ええ、思わずドラマの話に脱線してしまいました。うふふ」

「そ、そうっすよね。おふたりが……なんてこと、ないっすよね。ははは――はあ……自分、帰るっすね」

ぎゅうちゃんが廊下を去っていった。

充希さんと俺は彼女の背に手を振って見送る。途中で転びそうになっていた。

ぎゅうちゃんの姿が見えなくなってから、

「藤本くん、いまのでごまかせたでしょうか」

「しゃべり方は戻ってましたけど、歩き方が斜めってましたから、微妙かも」

充希さんと俺も、早々に帰ることにした。

その翌朝。

いつものように充希さんが登校するときに、俺が外の様子を見に出たら、ぎゅうちゃんが決意に満ちた顔で歩いてくるのが遠くに見えた。

あいつ、とうとう俺の家の住所を割り出したのか。

オートロックだからアパート内に入ってこられることはない。郵便受けに俺も充希さんも名前は出していないから、俺の姿を目視されない限り大丈夫だと思うけど……。

俺は充希さんに事情を説明すると鞄《かばん》を持ってこっそりアパートを出た。

そのままアパートの敷地をぐるりと回る。

ぜんぜん別の方向から歩いていって、ぎゅうちゃんに声をかけた。

「おう、ぎゅうちゃん。おはよう」

「あれ、藤本くんの家ってこのアパートだったんじゃなかったすか」

「何言ってんだよ、俺の家はここじゃないよ。電車通学だもの」

「え、まじっすか」

俺がぎゅうちゃんと一緒に登校することで、彼女の見張りを排除するのは成功した。

けど、これ、結構やばいんじゃないだろうか……。

第二章　年上の彼女は好きですか?

スマートフォンのアラームを止めて、ぼんやりとそろそろ充希《みつき》さんが来るかなと布団の中で伸びをしていたら、どたばたと大きな音がした。

鍵もガチャガチャと乱暴に扱っている。普段からは考えられない慌てようだった。

さすがに何事かと思って部屋のドアを開けると、着古して毛玉だらけのスウェット姿に三つ編みと牛乳瓶底メガネの干物系女子が背中を丸めて侵入してきたところだった。

「充希さん?」

俺と目を合わせた干物系充希さんが、サバトの現場を見られた魔女のような顔になった。目撃者を消そうとした魔女は、つっかけを脱いで部屋に上がろうとして転んだ。

「どへっ」

「にばっ」

「だばせっ」

およそ人間とは思えない音を発しながら充希さんが転がってきて俺にぶつかった。

「ぐわっ」と、俺も変な声を上げて共倒れする。

「ご、ごめんなさ……千里《ちさと》く……だい、じょうぶ?」

低い声の干物系女子のしゃべりのままで充希さんが俺の身を気遣う。しかし、起き上がろうとして俺の胃の辺りに思い切り手をつかれたものだから、「ぐえ」とカエルが潰されるような声しか出せない。

「ごめ……私、寝坊して……」

普段、身支度を整えてから俺の部屋に朝食を作りに来る充希さんだが、寝坊してしまったらしい。

「慌てないで大丈夫です。それにしても珍しいですね、充希さんが寝坊なんて」

「牛……さんのこと……何か寝付けなくて……」

うつむいた干物系充希さんがおろおろしている。ぎゅうちゃん問題のおかげで数日気が張り詰めていたせいで、寝坊してしまったようだった。

「充希さん、無理しないでください。今日は俺が朝食を作りますから、充希さんは一度部屋に戻って身支度を整えてきてください」

大人の女性としての朝の支度よりも、一緒に食べる朝食に命を懸けている姿勢はいかにも充希さんらしくて好ましいけどね。

干物系女子モードの充希さんが顔を上げてうるうると涙を流した。

「千里く……マジ神」

干物なときの方が言葉遣いが若者めいている。

充希さんを部屋に戻し、顔を洗って着替える。味噌汁《みそしる》は昨夜の残りがあったし、ごはんはタイマーでちゃんと炊けていた。問題はベーコンエッグを作るタイミング。料理は上手ではないけど、だからこそ充希さんにできたてを食べてもらいたい。

「充希さん、どのくらいかかるかな」

女性の朝の支度ってどのくらいかかるのだろう。

これって男が聞いてはいけない気がして、あえて話題にしないできたのだけど。

聞き耳を立てるわけにもいかないし……。

俺はスマートフォンを取り出すと、『女性』『朝の支度の平均時間』と打って検索することにした。すると……。

第一位　十分以上二十分未満
第二位　二十分以上三十分未満
このふたつで六十パーセント近くを占めていた。

中には三時間なんていう方もいるようで、やっぱり女性は大変だと思う。

しかし、思ったよりも短く、意外感の方が強かった。働く女性の朝は大変なんだな。十分未満という方も結構いるみたいだし。

充希さんも働く女性なのに、毎朝、ごはんの用意をしに来てくれてるのだと思うと、うれしさもあるけどものすごく悪いことをしている気がした。

「そう言えば松城《まつしろ》も朝の準備が一時間くらいかかるって言ってたけど、男なのに何やってるんだろう」

何でもドライヤーで前髪を決めるのに時間がかかるそうだけど。俺には理解不能だ。

ともあれ、最低でも十分はかかるだろう。まだ寝起きみたいな格好だったから、ひょっとしたら二十分くらいかかるかもしれない。

時計で時間を確認すれば、まだ十分たっていない。

と思ったら、玄関のドアが元気よく開いた。

「ごめんね、千里くん！」

多少息が乱れているが、すっかりいつもの身支度を整えた充希さんが入ってきた。

「え、充希さん!?」

「はい？」

「準備、早いんですね」

「うん。いつもお化粧はほとんどしてないし、髪は縛るだけだし。何より千里くんに早く会いたいから今日はさらに加速したし」

「…………っ！」

急いで用意したせいでテンションが上がっているのか、充希さんが朝からストレートに一撃を加えてくる。顔が熱くなった。

「ごはんとお味噌汁ありがとう。ベーコンエッグ作るよ」

「あ、充希さんは座っててください。今日は俺が作りますから」

「そんなことさせたら悪いよ」

「いつも充希さんに甘えすぎてたなって反省していたんです。だから──」

充希さんの眉毛が八の字になった。目がうるうるしている。

「何ていい子なの!? 私って何て果報者なのかしら。いまの千里くんの言葉だけで朝からごはん三杯はいけるよっ」

「とりあえずベーコンエッグを焼きますから」

あやうく本気で遅刻しそうになってしまった。


先日の事件の余波は思ったよりも少なかった。

もともと二年生のあいだでも保坂《ほさか》の評判はよくなかったようだ。表面上は抜け目なく振る舞っているつもりでも、仲良くなればなるほど馬脚を現し、近づくほどにみんな嫌気がさして逃げていく、そんな性格だったとか。

「まあ、因果応報ってやつっすね」と、二年生などの反応を教えてくれたぎゅうちゃんが付け加えた。

そのぎゅうちゃんは、充希さんと俺の関係を勘ぐる一方で、先日の事件の収拾には一役も二役も買ってくれていた。格好のネタだからと、記事にしてしまった。しかも、抑えた表現ながら理を尽くして相手に非があることを詳細に書いてくれていた。ぎゅうちゃん、文章力あるんだな。

その中で、充希さんが「自分のクラスの生徒の嫌疑を晴らすために凜《りん》と戦った女性教師」とされていて、充希さんの人気がちょっと上がっているのがうれしいようなイラッとするような。充希さんのいいところ、おまえらより俺の方がずっと知ってるんだからな。

そんなわけで、俺の学校生活は平穏無事だった。

購買部にも普通に顔を出せる。それどころか、購買部のおばちゃんからはしょっちゅう声をかけられるようになってしまった。

「はい、藤本《ふじもと》くん、いらっしゃい」

「一本勝負はありますか？」

「ごめんねー、さっき売り切れちゃったんだよ」

「俺の分を取っといてくれたりなんてことは……」

「商売は厳しいの」

「ですよねー」

俺の中の次点である焼きそばパンも売り切れていた。残っているのはあんパンやジャムパンといった甘い物がほとんど。コンビニまで行く手もあるけど、自転車通学じゃないから微妙に遠いんだよね。塩っ気が欲しかったけど、やむを得ない。

あんパンと牛乳という、張り込み刑事の定番セットを買って購買部を出る。今日は星野《ほしの》も松城も一緒ではないから教室で食べなくてもいい。天気もいいし、下に下りてピロティーのベンチで食べようか。

階段を下りる直前で、横合いからちびっ子サイドテールが突撃してきた。

「藤本くん、これからお昼っすか!?」

「そうだよ。ぎゅうちゃんは相変わらず元気だな」

「へっへっへー。自分もこれからなんすけどね、藤本くんは何食べるっす？」

「あんパンと牛乳。しょっぱい系がもう売ってなかったから」

するとぎゅうちゃんがどや顔をして平たい胸を張った。

「むふーん」

「何だよ」

「実はここに一本勝負があるっす。自分が食べてもいいんすけど、ふと思い立って焼きそばパンも買って、そっちを食べたらお腹《なか》いっぱいになってしまったっす」

「ほう」

「この一本勝負、余っちゃったんすよねぇ」

「ま、まさか――」

「どうしようかなあって悩んでるんすよ」

「……くれ」

「はい？」

「余っているなら俺に譲ってくれ。金なら払う」

ぎゅうちゃんが怪しげな笑みを浮かべる。一本勝負の袋の端っこをつまんで、俺の目の前にぷらぷらさせた。

「あれあれ？　ひょっとして藤本くん、この一本勝負、欲しいっすかぁ？　でも、タダってわけにはいかないっすよ？　自分だって、過酷な競争を勝ち抜いてやっと手にした一本勝負っす」

目の前で不安定に揺らされる一本勝負。

「だから、金なら払うと」

「この一本勝負はそんなに安いものっすかねぇ」

「くっ――！」

俺が目を背けると、ぎゅうちゃんが回り込んできた。

「いらないっすかぁ？　だったら他の人にあげちゃうっすよ」

「何が条件なんだ――?」

まるで敵に家族を人質に取られた洋画の主人公の気分だ。

ぎゅうちゃんが周りに聞こえないように、取引条件を告げた。

「簡単なことっす。御厨《みくりや》先生との関係について一言コメントをもらえれば」

その瞬間、波が引くように俺の気持ちと食欲が引いた。

「せっかくぎゅうちゃんの演技力に付き合ってあげていたのに、つまらない落ちだ」

やれやれと肩をすくめてみせると、ぎゅうちゃんがいきり立った。

「何言ってるっすか!　藤本くんだってのりのりだったじゃないっすか!」

「御厨先生と俺はごく普通の先生と生徒の関係」

「だって、入学式とこのまえと、二回も生徒指導室に呼ばれてるっすよ?」

「それは俺の素行が悪いからだろう」

あんパンと牛乳で十分だ。さっさと階段を下りてピロティーに行こう。

そのときだった。

「ふたりとも購買部のパンですか」

ぎゅうちゃんと俺の後ろから声をかけてきたのは、充希《みつき》さんだった。

普段の地味教師モードなのだけど、微妙に肩が震えている。

その様子を見た途端、俺は理解した。

充希さん、ぎゅうちゃんと俺の様子を見ていた。

そして、絶対に「いちゃついていた」とヤキモチ焼いている。

とはいえ、ぎゅうちゃんがいるこの場で先生に事情を説明することはできない。

「あ、御厨先生。いまちょっと藤本くんに取材を試みていたところっす。御厨先生も購買部っすか。珍しいっすね」

能天気なぎゅうちゃんに、充希さんがいきなりこう言った。

「実は今日、先生もお弁当を忘れてしまいまして……。かか、彼氏が寝かせてくれなかったものだから」

そう言って充希さんが、俺の顔をガン見した。微妙に口角があがっているのは、地味教師モードにおける微笑《ほほえ》みなのか。

よりにもよって最悪のタイミングにも程がある。鴨《かも》が葱《ねぎ》を背負って、飛んで火に入る夏の虫。何とでも言いたくなる。

一体何だって充希さんはこんな自爆テロを――！

「なんですとぉぉぉ!?」

充希さんの超爆弾発言に、ぎゅうちゃんの記者魂が燃え上がった。

「御厨先生、御厨先生！　いまの発言の真意は!?　藤本くんを見た理由は!?――んがっ、ぐっぐ!?」

ぎゅうちゃんの手からかっぱらった一本勝負を、俺は彼女の口にいきなりねじ込んだ。

「〜〜〜〜〜!?」

目を白黒させるぎゅうちゃん。顔色が赤くなったり青くなったりしている。

「おお、ぎゅうちゃん。そんなに一気に食べたら喉に詰まるのは当たり前だぞ。ほれ、俺の牛乳やるから、これ飲め」

俺はぎゅうちゃんの口から一本勝負を引き抜き、代わりに牛乳パックのストローをくわえさせた。

「んごぉ!?　やっと太いものをお口から抜いてもらえたと思ったら、白いのが口いっぱいに!?」

「その牛乳あげるよ。それからもうすぐ中間テストだよな。ぎゅうちゃん、取材で忙しいみたいだから、予想問題を五教科分用意してやろう。俺、一応内部生だから傾向は分からないこともないし。だから——」と、俺は表情と声のトーンを落としきってぎゅうちゃんに言い渡した。「さっきの先生の発言は他言無用」

牛乳を飲んでやっとひと息ついたぎゅうちゃんが、涙目で何度も頷《うなず》いていた。

「飲みきれない白いものがお口から溢《あふ》れたっす」

「このあんパンもやる」

ぎゅうちゃんがよろよろと去っていくのを見送りながら、なるべく口を動かさないようにして充希さんに告げた。

「緊急反省会を行います。異議は認めません」

「はい……」

昼食抜きで地学の質問をしている熱心な生徒——の振りをしながら、俺は充希さんの軽挙妄動を戒めた。

いろいろと思うところはあるようだけど、最終的に充希さんは「善処します」と官僚的模範回答を提示したのだった。

その日、六時間目が終わって帰ろうとすると、スマートフォンに充希さんからメールが入っていた。

『花金《はなきん》なので、美術の堀内《ほりうち》先生とお酒を飲みに行きます。今日の夕飯は千里《ちさと》くんひとりで済ませてください』

◇◆◇◆◇◆◇◆

私、御厨充希は高校の先生だ。

普段は真面目に教鞭《きょうべん》を執っている。お酒だって滅多に飲まない。

だけど、飲まなきゃやってられない日だってある。例えば今日。

世の中にはひとり酒を楽しむ女性もいるらしいが、基本、人見知りの私には無理。だから、大学時代からの親友である美術教師の堀内麻美《まみ》に来てもらった。

女ふたり、居酒屋の個室で話すことと言えば、きゃっはうふふな恋バナが正しいのかもしれないが、本日は一方的な私の悩み相談になっている。

ちなみに、麻美には、千里くんのことは最初から話していてこれまでも相談に乗ってもらっていた。

「うわーん、麻美ぃー」

甘いカルアミルク一杯を片手に、私は牛久さんを中心としたいきさつを話す。

「すみませーん。軟骨からあげと生ジョッキもうひとつ」

「麻美、私の話聞いてる!?　しかももう三杯目だよ!?」

「聞いてるよ。でも、せっかく旦那と子供抜きで飲めるんだから、飲ませてよ」

麻美はすでに既婚者であり、ふたりの子供がいた。私と同い年なのにすごいよね。下の子は生まれたばかりで、四月に産休が明けて復帰したところだった。

「そんなに飲んで、赤ちゃんの母乳とか大丈夫なの？」

「私、一人目のときもあんまりおっぱいの出が良くなかったから、今回は無理せずミルクにした。趣味は出産、特技は安産だけど、割りきりも大事かなって。あ、ジョッキこっちでーす」

麻美がジョッキを口から迎えにいった。彼女はもともとお酒が大好きなのだ。

「それだけお酒が好きなのに、いままで妊娠してるあいだは、一滴たりともお酒を口にしなかったもんね」

「まあね」

「私、麻美のそういうところ大好き。すごく尊敬する」

ジョッキから口を離した麻美が苦笑する。

「充希はさ、あたしにはそういう素直な言葉をくれるけど、肝心の彼には素直になってるの？」

「こ、告白はがんばらせていただきました」

届いた熱々の軟骨からあげを口に放り込みながら、麻美はますます苦笑する。

「告白っていうか、いきなり結婚の申し込みでしょ？」

「だってそれは――」

「その件についてはこれまで十分聞いているからいいとして。本日の議題は、クラスメイトの女の子といちゃいちゃしているようでヤキモチを焼いていることだっけ？」

改めて指摘されると結構恥ずかしいよ。

「簡潔に要旨をまとめればそのようなことに……」

「藤本《ふじもと》くんって、美術部に入ってくれた子よね？　入部申請用紙の提出のときと授業で見

た程度で、じっくり話したことはまだないけど、まじめそうな印象のかわいい男の子じゃない？」

さすが私の親友。見る目がある。

「でしょ！　千里くん、すっごく真面目なんだよ。中学時代の成績もすごくいいし、中学三年のときには生徒会副会長だってやってたんだ。いまだってどの教科もまんべんなくできるみたい」

だから、先日の購買部での乱闘事件は「あの藤本が？」ということで職員室に与えた衝撃は大きかった。

「優等生っぽい顔しているもんね。それだけがんばっている生徒だから、この前の購買部の事件でも、あの気むずかしい学年主任の市川《いちかわ》先生まで割とすんなり彼を信じてくれたわけだし」

「うん」千里くんのことをほめられるとすごくうれしい。思わずカルアミルクをごくごく飲んでしまった。

「だったら、その新聞部の女の子のことだって彼を信じてあげなさいよ」

正論である。

「頭では理解しているんだけど、気持ち的に何というか」

「心と体が別ってことね」

「だいたい合っているけど言い方がいかがわしい」

「あはは。真面目者同士、お似合いじゃん。このこのぉ！」

「えっ。そ、そうかな……？」

お似合いとか言われちゃった。へへ。うれしくって、思わず冷めたフライドポテトをふーふーしまくっちゃうよ。

「いやほんと、充希《みつき》から恋愛相談受ける日が来るとは思わなかったもの」

「私も麻美にこんな相談をすることになるとは思ってませんでした」

「充希だけじゃなくて、相手の子も充希が初めて付き合う人だろうし。初めて同士の真面目者同士だから、その先になかなか進めなくてこんなことになるんじゃないの？」

「その先って……住宅展示場にふたりで行くとか？」

「——まあ、プロポーズの向こうには新居の購入もあるかもしれないけど！　充希の場合はもうちょっと違うことでしょ」

「違うことって？」

「えっち」

あっさり言われた！

「な、なんてこと!?　麻美の破廉恥！　すけべ！　変態！」

「ひどい言われようだけど、充希だってそういう気持ちがいっさいないとは言わせないわよ？　もう大人の女なんだから、いろいろ我慢できなくなったりしないの？」

「ぐっ……それにつきましては、ノーコメントで――」

麻美が意地悪な笑みを浮かべながら、お新香盛り合わせのキュウリをかじっている。

「授乳期の私より大きなおっぱいなんていう凶悪な武器を隠し持ってるんだから」

「人の胸を犯罪の道具みたいに言わないで」

「まあでも、確かに二十五歳の充希が十五歳の男の子に手を出したら立派な犯罪よ？」

〝立派な犯罪〟という言葉が強いお酒のように、胃に応えた。

「ま、まだ手は出していません――」

「まだなだけで、ほんとは手を出したくて悶々《もんもん》としている、と？」

「麻美！」

「あはは。冗談よ」

店員の威勢のいい声が店に響く。新しいお客さんが来たようだ。

「そ、そっちこそどうだったの？　麻美の旦那さんだって麻美より十歳年上じゃない」

年齢差だけ見れば私の場合と同じだ。男女逆だけど。

「うーん」と、麻美がビールで喉を湿らせた。いつも思うのだけど、あんな苦いものをよく平気で飲めるよなあ。「うちの場合は、大学の合コンで知り合ったから、その時点であたしが大学生だったたし。これが女子高生と十歳年上の会社員だったら事案だったたね」

「麻美は相手が十歳年上ってことに抵抗なかった？　タイプじゃないなーとか」

「別に。ほら、うちの旦那、童顔だからそんな年上に見えないし。それに」

「それに？」

「好きになった人が自分のタイプなんじゃない？」

麻美が真剣な目をしていた。

その目と言葉にはっとする。

改めて実感する。

私はどうしようもなく彼のことが好きなのだ、と。

彼の笑顔も真剣な顔も、仕草のひとつひとつやふとした言葉も、何気ない毎日を切り取って宝物にしてしまっておきたいくらいに。

「ほにゃああ――」

「変な声出してつっぷさないで。何か急に恥ずかしくなっちゃうじゃない。――すみませーん。ハイボールひとつ」

「ご主人の方は、十歳年下の女の子と付き合うことについてはどうだったのかな？」

「周りからはいろいろ言われたらしいよ。『ロリコン』だとか、『犯罪者』だとか、『俺にも紹介しろ』とか」

その基準でいけば私だって十分〝ロリコン〟で〝犯罪者〟になってしまう。いや、男女が逆だから〝ロリコン〟ではなく〝ショタコン〟になるのかしら。ますます犯罪臭が増したような……。

「誰にも知られちゃいけないんだけど、千里《ちさと》くんのこと、いま無性に自慢したい！」

「あたしに対してだけにしてね。藤本くんだって一生懸命充希を守るために学校では最低限の接触しかしないんでしょ？」

「うん」

それがさみしい、というのは私のわがままだというのも分かっている。

「立派な子よね、藤本くんって。普通の男子高校生なんて、彼女が欲しいって騒いで、いざ彼女ができるとそれで舞い上がっちゃってすぐに周りにばれたり自慢したり大騒ぎなのに、まったくそんな風に見せないんでしょ？」

「うん」

彼女が欲しいといつも騒いでいる男子なら、私のクラスの星野《ほしの》くんが当てはまる。

あんなふうに騒がれたら、ちょっとイヤかも。

店員がハイボールを運んできた。代わりに空いているジョッキや食べ終わった皿を下げてくれる。

グラスにいっぱい汗をかいたハイボールをひとくち飲んで、麻美がにっこり微笑《ほほえ》んだ。

「充希、とんでもなく愛されているじゃない」

すごくやさしい笑顔だったから、かえって私は胸が苦しくなった。

私が、千里くんに、愛されている。

自分が愛する人に愛されるのは、とてもうれしいことだ。

でも、私は千里くんに愛されるだけのことをしてあげられるのか。

さっき、私が十歳の年の差について、ご主人の立場の意見を聞いたとき、麻美《まみ》は上手にご主人自身の感想はごまかしていた。

きっと麻美のご主人は、奥さんの若さが自慢なのだと思う。

麻美のご主人から見れば、十歳年下の麻美はいつまでも若い。周りの同僚たちの奥さんたちよりずば抜けて若いだろう。男性の本能としても、そんな若い妻がいることは自信になるはずだ。

私の場合は逆だ。

仮に何年か経《た》って千里くんの気持ちが変わらなくて、世間的にも許されて、晴れて結婚できたとしても――そのときすでに私は周囲の花嫁よりも年上だろう。

一生、十歳という年の差は縮まらない。

それどころか、年を取るにつれて、女である私の容貌の衰えは彼よりも早く、顕著になってくるに違いない。しわやしみや白髪をお化粧などで隠し続けるには限界がある。

そのとき、千里くんを、女としてがっかりさせたくない。

いま、千里くんは青春まっただ中だ。

二十五歳の私から見たら、純粋でまっすぐで、まぶしい。

真夏の雲ひとつない青空のように、じっと見つめているだけで魂が吸い取られてしまいそうなくらい、美しい。

私はその彼の、人生で最も美しくあるべき時間を、処女の生き血を吸う吸血鬼のように、無碍《むげ》に吸い取っているだけではないのか。

彼のそばには、同年代の友人や恋人がいて、サファイアのごとき時間を輝かせるべきなのではないか。

千里くんを好きになってしまったときから、そしてプロポーズしてしまったときから分かり切っていたことなのに、それでもこんなに苦しいのはなぜだろう。

最終的にはあきらめないといけないのだろうか。

「………………」

黙ったまま、薄くなったカルアミルクを飲み干す。

「まあ、あたしも多少は陰ながら応援してるからさ」

「うん、ありがと。麻美のおかげで元気になってきたよ」

満面の笑みで私は応え、もう一杯、カルアミルクを注文した。

親友に空虚な笑顔で応えてしまった自分を、飲んで忘れたかったのだ。

◇◆◇◆◇◆◇◆

結局、夕べ、充希さんはずいぶん遅くまで帰ってこなかった。

やっと充希さんの部屋の鍵が開く音がしたときはもう日付が変わっていた。そのあとはさすがに眠くて俺も寝てしまったので、昨夜は充希さんと顔を合わせていない。

今日は土曜日で、普通なら授業があるのだが、開校記念日でお休み。そのため、のんびり朝寝をしていた。

外の明るさに、ぼんやりと目を覚ます。

静かだった。

それはつまり、充希さんが俺の部屋に来ていないということ。

スマートフォンを見ても、充希さんから連絡はない。

お休みの日だからといって朝からふたりでべったりしているわけではない。掃除洗濯その他があるし、充希さんは先生だから授業の準備だってしなければいけない。だから、それぞれ別行動というのは当然あり得ることなのだが、昨日の昼休みの反省会からあとずっと会っていない状況というのがしこりになっていた。

「昨日、ちょっと言い過ぎちゃったかな。充希さんに謝らないとなぁ」

とりあえず起きてシャワーを浴び、着替えて洗濯機を回す。掃除機をかけて洗濯物を干すと、やることがなくなった。宿題も英語や古文の予習も、夕べのうちに全部終わってしまっている。

時間を見れば十一時。充希さんはそろそろ起きているだろうか。一緒に食べようと思って朝ごはんを食べないでいたが、かなりおなかが空《す》いてきた。

「『起きてますか？　ごはん、一緒に食べませんか？』」と」

送信。

ときには秒の速さで返信が来ることもあるけど、今日は違っていた。

控えめにドアが開閉する音がした。

充希さんが来たのかと思って玄関をのぞいたけど、まだ充希さんはいなかった。

外で充希さんの足音がする。さっきの音は充希さんの部屋の玄関の音だったみたいだ。

足音が俺の部屋の前で止まった。きっと合鍵を使って入ってくるだろう……と、思っていたのだが、これも違った。

チャイムの音が鳴った。

「えっ？」

思わずドアに張り付いて、のぞき穴から外を確認する。

そこにはもっさりしたお下げの黒髪が映っていた。よく見れば、スウェットを着ている。

「充希《みつき》さん!?」

ドアの向こうには干物系女子モードの充希さんがうつむいて立っていた。

「…………」

その様子に不安な気持ちになった。

干物系女子モードだろうと、地味系教師モードだろうと、超絶美人モードだろうと、合鍵を持って以来、充希さんが俺の部屋に来るのにチャイムを鳴らしたことはない。

「み、充希さん？」

もう一度呼びかけると、充希さんがぱっと顔を上げた。

「お、おはよ……」

「おはようございます。ごはんにしませんか」

「うん。作るよ」

干物系女子モードだけど、しゃべり方はいつもの充希さんにだいぶ戻っていた。

「夕べ、遅かったんですね」

「うん。久しぶりに麻美――堀内《ほりうち》先生と飲んでたから」

「大人だー！」

充希さんがゆっくりと玄関を上がった。

「もうお昼近いね。千里くん、朝はちゃんと食べたの？」

「いいえ。充希さんと一緒に食べたかったから。夕べ、ちょこっとも会えなくてさみしかったし」

「…………っ！」

充希さんの動きがふと止まった。

「昨日の昼休み、俺、充希さんに言い過ぎました。ごめんなさい。ぎゅうちゃんのこと、もちろん何でもないけど、充希さんの不安な気持ち、俺、ちゃんと受け止めていなかったなって」

俺が頭を下げると、ふと温かな感触が俺の頭をふんわり包んだ。

「千里くんは本当にいい子」

おそらくは寝起きの充希さんの体温とやわらかいにおい、着古したスウェットの感触が俺の頭だけでなく、心も包みこんだ。

「み、充希さん――」

分厚いスウェット生地を通しても、充希さんの大きな胸の感触は伝わってくるから、人間の身体《からだ》というのは不思議だ。……なんて、変に持って回った言い方をしないと、野獣が目を覚ましてしまいそうになる。

俺の理性がかろうじて生きている間に、充希さんは俺を解放してくれた。

「じゃあ、ブランチにしよう！」

充希さんが明るい声を出したので、俺はうれしくなった。

もし俺がもっと大人だったら、このときの充希さんの気持ちに寄り添えたかもしれない。

このすぐあとに、俺は身体ばかり成長して、心はまだまだ大人になっていない十五歳という年齢の未熟さを突きつけられることになるのだ。


朝食と昼食をかねたブランチとして、ふたりでパスタを作った。充希さんの部屋にあったミートソースと、俺の部屋にある材料で作ったペペロンチーノの二皿。これをそれぞれ小皿に取ってシェアしながら食べる。

とてもおいしかった。

天気はすごくいい。四月半ばになって、ソメイヨシノはとっくに散ってしまったけど、八重桜ならまだ若干残っていた。

「いい天気ですね。散歩とか行きませんか？」

「……そうだね」

「パスタ、どっちの味が良かったですか？」

「……どっちもおいしかったよ」

干物系女子の格好をしているとはいっても、しゃべり方は普段の充希さん。となると、この反応は薄すぎる。

「今日、これからどうします？」

「……別に」

「今夜とか、何か食べたいものあれば、俺もがんばりますよ。買い物とか行きません？」

「……買い物かぁ」

「充希さん、元気ないですね。どこか具合が悪いんですか」

「ううん。そんなこと、ないよ」

充希さんが食後のお茶を飲みながら、力なく微笑《ほほえ》んでいる。

「やっぱりまだ、昨日のこと、怒っていますか」

「怒ってなんてないよ」

充希さんが俺から目をそらした。

「じゃあ、どうして——」

「大好きでかわいい高校生の男の子の家で、十歳も年上の女が、お休みの日に一緒にパスタを作ってゆっくり食べて、おしゃべりしてのんびりして」と言って、充希さんが大きく息を吸った。「やっぱりこんなの、おかしいよね——？」

瞳に透明な液体をたくさんためて、唇をわななかせて、充希さんが俺を見つめた。その顔を見たら、心臓を鷲摑《わしづか》みされたみたいに苦しくなった。

「何で、そんなこと言うんですか」

うろたえた俺にはそれしか言えなかった。

「私さ、昨日いろいろ考えたんだよね。全部、私のわがままと押しつけだったたって反省した。だから私、隣の部屋から引っ越した方がいいよね?」

何の前触れもなく切り出された言葉。

充希さんがとうとう涙をこぼした。

一度あふれた涙は、止まらない。

「充希さん、どうしてそんなこと言うんですか」

俺も目が熱くなって、充希さんの姿がゆがんで見えた。

「入学早々、いろいろ振り回しちゃったけど、お互いまだ何もないんだし、いまならちょっとした事故だったと思えば――」

「そんなこと、思えませんよ!」自分でも声が大きくて驚いた。「だって俺、充希さんのこと、好きになっちゃってんだから!」

俺が口走った言葉に、充希さんが身を震わせた。頭を何度も振り、その動きにあわせて涙が飛ぶ。

「それは千里《ちさと》くんの勘違い。年上の女から言い寄られてそんな気持ちになっていただけ」

「そんなことないです!」

「ほら、私、胸もすごく大きいから、思春期の男の子には刺激的に見えただろうし。高校生男子のそういう視線は慣れているわ。あー、やだやだ」

「充希さんの胸の大きさなんて関係なく好きなんです！」

馬鹿で子供な俺は、ただただ力一杯直球を投げつけることしか知らない。

充希さんが表情を硬くした。

「ここまで言っても分からないの？　じゃあ、はっきり言うわ。同棲《どうせい》ごっこは楽しかった？　でも、もうおしまい。私、飽きちゃったの」

充希さんが見たこともないサディスティックな笑みを浮かべた。

「嘘《うそ》だ！」

「嘘じゃないの！　私はあなたみたいな年下より、包容力のある年上の男の人の方が好みなのよ」

「絶対、嘘だ！」俺の大声に充希さんがひるむ。「嘘じゃなかったら、何でまだ充希さんは泣いているのさ!?」

充希さんの仮面が崩れた。メガネを外し、両手で顔を覆う。とうとう充希さんが声を上げて泣き出した。

「でも、もうダメなの。今朝いちばんでこの部屋の解約を連絡したから」

「何でそう、自分だけで先走るんですか」

「先走ってプロポーズした女だもん！」と、まったくの売り言葉に買い言葉を言い切って、充希さんが一息ついた。「さっきのパスタ、おいしかった。最後まで私のわがままに付き合ってくれて、ありがとう」

俺が言い返そうとするよりも早く、充希さんが飛び出した。

「充希さん！」

と制止する声を無視して、充希さんが玄関のドアを乱暴に開ける。

最後の最後が、「ありがとう」なんて——！

俺が玄関から外に出ようとしたときには、すでに充希さんが自分の部屋に入ってしまうところだった。

「ちょっと待って！」と充希さんの部屋のドアを開けようとしたが、すでに鍵がかけられている。チェーンがおろされる音がした。

「充希さん、充希さん！　聞こえてるんでしょ!?」

チャイムを鳴らす。スマートフォンで電話する。ＬＩＮＥを送る。

そのどれにも充希さんは無反応だった。ＬＩＮＥなんて既読無視にすらならない。

部屋に戻って、悪いなと思いながらも壁に耳を当てた。

ごーっという雑音が聞こえるだけで、物音ひとつしない。

どうしていいか分からなくて、頭をかきむしった。目の前の蛍光灯のヒモに八つ当たりしてパンチを食らわせる。

ばちんという大きな音がして蛍光灯がつく。ヒモが蛍光灯に絡まった。昼間だと逆に頼りない蛍光灯の光が俺自身みたいだった。

絡まったヒモを直すのが情けない気持ちを倍増させる。

「充希さん……」

思えばずっと一方的な人だった。

突然現れ、突然プロポーズしてきた。

部屋に押し入って寝顔の写真を撮ったり、朝ごはんを作ったり。

台所には箸やスプーンや皿、机の中にはボールペンその他……いつの間にか充希さんの私物が俺の部屋にやってきていた。

机の奥には中学時代の写真がある。その少し古い写真を見ながら、俺は自分の心からの気持ちに忠実になっていった。

やっぱり俺は充希さんが好きなんだ。

わがまま？　干物？　地味？

言いたい奴《やつ》に言わせておけ。

めんどくさい？　重たい？

軽い女の人よりよっぽどいいじゃないか。

十歳も年上？

関係ねえよ。年上の姉さん女房なんて最高じゃねえか。

俺はな――他の誰よりも、御厨《みくりや》充希《みつき》というひとりの女性が大好きなんだよ！

充希さんは俺を〝運命の人〟と言ってくれた。

充希さんこそ、俺の〝運命の人〟なんだ。


俺には自分の気持ちをストレートに表現することしかできそうにない。

自分の部屋を出ると、もう一度、俺は充希さんの部屋のドアの前に立った。

チャイムを鳴らすが、返事はない。

ドアを叩《たた》いても、反応はなかった。

だったら、自分の気持ちをぶつけるしかないじゃないか。

「充希さん、いるんでしょ？　そのままでいいから聞いてください」

そう言ったものの、何をどう話すかまでは決めていなかったことに、いまさらながら気づいた。

ふと、急に他の部屋の住人に聞かれたらどうしようと不安になる。

でも、いま逃げるわけにはいかない――。

深呼吸。

俺は玄関のドアが充希さん本人であるかのように話し始めた。

「このまえ、購買部でもめたあとの生徒指導室で、俺、自分の家のことを充希さんに話しましたよね。覚えてますか」

あのとき俺は、中学一年生のときに母親が死んだことと、中学二年生のときに父親が再婚して義理の母と妹ができたことを話した。

「でも、この前話した通り、何か居心地が悪くて。はっきり言って、親父《おやじ》も含めてみんな、俺以外で『家族』になっちゃってて、俺だけがのけ者にされてるみたいで。でも、親父も幸せそうだったから俺は何も言えなくなっちゃって。俺だけ『家族』がまったくいなくなっちゃったみたいに感じてたのに」

俺の前には相変わらず物言わぬ玄関ドアが立ちふさがっている。

しかし、その向こうできっと、充希さんが俺の話を聞いてくれていると信じるしかない。

「充希さんが入学したばかりの俺を呼び出してプロポーズしてくれたとき、ほんとはめちゃめちゃうれしかったんです。俺だけの『家族』ができるみたいで、超うれしかった」

それからの毎日はとてつもなく楽しかった。

朝起きたときに、「おはよう」と言える人がいること。

一緒にごはんを食べる人がいること。

共に笑い合える人がいること。

静かに見つめ合える人がいること。

何より、これからずっと人生を歩んでいきたいと思える人がいること。

「毎日毎日が楽しくてうれしくて、夢みたいだった」

言いながら涙がこみ上げるが、ここで泣いてはいけないと自分を叱咤する。

充希さんの返事はない。

「どうしても充希さんが出ていきたいなら、俺には止められません。でも、最後なら今夜くらい一緒にごはん食べませんか。今日は、俺が作ります。さっきは充希さんのわがままに付き合いました。これは俺の最後のわがままだと思って、付き合ってください」

俺は言いたいことを言い尽くし、立ち尽くしていた。

そのとき、手にしていたスマートフォンが震える。

充希さんからＯＫのＬＩＮＥが届いていた。


すっかり日が暮れた部屋の中で、俺は充希さんを待っていた。

『夜七時、合鍵を使って俺の部屋に来てください』

そうＬＩＮＥしたが、果たして充希さんは約束通り来てくれるだろうか。

やっぱり気が変わって充希さんが来なかったら……？

いや、大丈夫。充希さんはきっと来てくれる……！

そうやって自問自答を繰り返していると、ちょうど時間ぴったりに、俺の部屋の玄関の鍵が控えめな音を立てて開いた。

来てくれた。

その事実だけで俺は舞い上がりそうだった。

でも——ここからが肝心なんだ。

ドアが開いて、外の明かりが差し込む。

逆光の中、充希さんが立っている。シルエットで分かる。地味教師モード、つまり、いつもの夕食時の充希さんだ。

「あれ？　千里くん？　ま、真っ暗で怖いよ？」

暗い玄関でもそれと分かるほどに怖がっている充希さんが、ちょっとかわいい。

充希さんが手探りで玄関の明かりをつけようとする。しかし、明かりはつかない。

俺が事前に電球を外しておいたからだった。

「充希さん、玄関の電気が切れちゃったんで、そのまま中に来てください。こっちつけますから」

充希さんは少し考えるように立ちすくんでいたが、靴を脱いでこちらへ来てくれた。

充希さんが部屋の入口に立った。

その瞬間、俺はスイッチを入れた。

「眩《まぶ》しい……っ」と、充希さんが手をかざして目を細める。

充希さんが明かりに慣れると、俺はその名を呼んだ。

「いらっしゃい、充希さん」

「えっと……いらっしゃいました、千里《ちさと》くん。これは、一体?」

いつもの座卓に並んだ、いつもと少し違う取り合わせに目を丸くしている。

ハンバーグ、ごはん、味噌汁《みそしる》、サラダ。これらは普段の夕食のメニューかもしれない。

けどそこに、オードブルが用意され、ホールケーキが控えていたら、ちょっと驚くよね。

ケーキとオードブルの一部以外は俺の手作りだし。

「驚いた? 充希さん、ハンバーグが大好物でしょ?」

「驚いたっていうか……。いつそんなこと話したっけ? はっ、もしかしてこれは、最後の晩餐《ばんさん》。私、死んじゃうんだっけ?」

「違います」

例によって先走って勝手に涙ぐんでいる充希さんを、座布団に座らせる。

食卓に用意したキャンドルに火をつけた。

「ひょっとして千里くんの誕生日……じゃないわよね」

「そうですね」

もし俺の誕生日だったら、こんな豪勢な料理を自分で準備したりしない。

「ひょっとして私の誕生日……？」

「え、違いますよね？」

俺の知っている充希さんの誕生日は今日ではない。

「……これから先、年を取るのが嫌で誕生日なんて忘れていくのよ」

変な闇を背負わないでほしい。

俺は咳払《せきばら》いをした。

「今日は……何でもない日です。充希さんの誕生日でもないし、俺の誕生日でもない。何かの記念日でもありません。ひとり暮らしを始めて一カ月とかいう区切りでもないです」

「はい……」

「でも、俺にとっては今日は、いや、今日も特別な日です。……充希さんが、いてくれるから」

思わず声が震えた。改まってこんなふうに言うと、恥ずかしくて逃げたくなる。

チープかもしれない。子供の浅知恵かもしれない。

でも、言葉だけじゃ伝わらない。伝えきる自信がない。

部屋の電気をいじったり、たったふたりなのにごちそうをうんと用意したり、キャンドルを立ててみたり。

俺は勉強机の陰から一輪のバラを取り出した。

形にしなければ想《おも》いが伝わらないなんて、何て面倒くさいんだ。

どんなに形にしても、満足いくものは到底用意できないほど、気持ちは大きいのに。

そのもどかしさを寄せ集めてひとつの姿にした真っ赤なバラを、心から大切な女性に膝をついて捧《ささ》げた。

「千里くん……これは——」

かぐわしい真紅のバラの香りに乗せて、言葉を紡ぐ。

「入学式の日に、充希さんに言わせちゃいましたけど、俺、やっぱり男としてきちんと自分から言いたいんです」

雰囲気を察したのか、充希さんも姿勢を正して俺を見つめた。

「——はい」

充希さんの瞳がすでに潤んでいる。

そこに俺の姿が映っていた。

充希さんはいま、俺のことだけを見つめてくれている——。

「充希さん、大好きです。誰よりも愛しています」

愛する人が俺の言葉で満たされていくのが分かった。充希さんが熱い涙を溢《あふ》れさせていた。子供のようにぼろぼろと泣きながら。メガネを外して涙をしきりに拭いながら。

充希さんは俺に言った。

「私――二十五歳だよ？」

「知ってます」

「先生だよ？」

「それも知ってます」

「おばさんだよ？」

「二十五歳でおばさんなんて言ったら、生徒のお母さんたちに怒られますよ」

「いままで誰ともお付き合いしたことないから、何をどうしていいか分からないし……」

「俺だって充希さんが初めてです。いままでみたいに初めて同士、ひとつひとつ俺たちのルールを決めていけばいいじゃないですか」

またしても充希さんが大粒の涙を流した。

「千里くんはすごいね……私がダメな理由を挙げても、全部それを乗り越えちゃう。眩しすぎだよ」

けれども、俺は首を横に振った。

「俺は充希さんに気持ちを伝えたくて必死なだけです。相手が充希さんだから、俺はどんなダメ出しをされても引き下がらないんです」

充希《みつき》さんがおずおずと、震える手で赤いバラに手を伸ばす。

愛の花を充希さんが手にする直前、俺は入学の日のことを思い出してささやいた。

「『月がきれいですね』」

充希さんはちょっとだけ目を丸くしたけど、すぐにやさしく微笑《ほほえ》んだ。

「『死んでもいいわ』」

そう言って彼女は、俺のバラの花を受け取った。

「充希さん……」

「私も、千里くんが大好きです」

一輪の愛のバラの香りを胸いっぱいに吸った俺の愛する人が、また涙を流した。

でもそれは、きっとうれし涙――。

だって、俺も泣きそうだったから。

こうして俺たちふたりの〝お付き合い（仮）〟が改めて始まったのだった。

第三章　正しいルームシェアはどうしたらいいですか？

翌日の日曜日、ある意味で昨日よりも驚天動地なことが起こっていた。

のどかな四月の午後の日差しを浴びながら、自分の部屋の鍵を不動産屋さんに返した充希さんが、俺の部屋にやってきた。

合鍵を使って、充希さんが俺の部屋の玄関を開ける。

それはそれで、いつも通りなのだが……。

俺の部屋にやってきた充希さんは、長い髪をひとつしばりにしてメガネをかけているいつもの姿だけど、着ている衣装が違った。

今日の充希さんは純白のワンピース姿。朝日に照らされて、まるでウエディングドレスのように輝いていた。

かすかに頬を赤らめた充希さんが、俺の部屋に入ってくると正座して三つ指をついた。

「不《ふ》束者《つつかもの》ですが、どうぞよろしくお願いいたします」

どこからどう見ても、婚礼の挨拶であった。

何でこんなことになってしまったのかというと、昨夜のやりとりに原因があった。

「何でもないけど充希さんがいてくれる記念日」は「お付き合い（仮）が改めてスタートした記念日」となり、俺たちはふたりでごちそうを満喫していた。

たくさん食べて、お互いにおなかもふくれてそろそろ眠くなってきた頃、充希さんが爆弾を投げつけたのだった。

「千里くんに折り入ってご相談があります」

「はい、何でしょうか」

真剣に切り出したくせに、充希さんはうなだれ気味になって俺から目を逸《そ》らしている。

俺はオードブルのポテトサラダの残りを集めて自分の皿によそう。

「実は、そのぉ、重大な問題がありまして――」

「はい」

「――私、住む場所がなくなっちゃったの」

と、充希さんが半笑いを浮かべて白状したのだ。

結論から言ってしまえば、充希さんはブラフではなく、本当に自分の部屋の解約手続きをしていたのだった。

とりあえず、箸ですくったポテトサラダを口に運ぶ。おいしい。

「……それは一大事ですね」

「一大事です。御厨《みくりや》充希、一世一代の一大事です」

「マジだったんですね」

「マジだったんです」

　充希さんが正座してうなだれた。叱られる体勢ばっちりだ。別に俺は叱らないけど。

「解約のキャンセルとかはできないんですか」

「お店の営業時間は十九時まででした」

　なぜか「ですます」調で充希さんが答弁を続ける。

　ということは、夕食を食べようと俺が誘った時間には、すでにのっぴきならない状況にあったわけか。

「えっと、確認なんですけど、もしあのままだったら、部屋を引き払ったあと充希さんはどうするつもりだったのでしょうか」

「とりあえず、麻美《まみ》のところに転がり込むつもりでした」

「マジっすか」

「さすがに赤ちゃんもいるし、長期滞在は迷惑だと思うので、さくっと新居を探そうと思ってました。ほら、私、教師なので世間的には信用される職業ですし」

「保証人とかは？」

俺もついこの前、家を借りたばかりだから、手続き的なことはまだ覚えている。

「父も教育関連の仕事をしていますし。なので保証人にも困りません。あ、千里《ちさと》くんのことをうちの父に紹介しないといけませんよね」

「それは、その、おいおいで」

レベル1の俺にラスボスをぶつけないでください。死んじゃいます。

「現在の状況はそんなところです」

と、充希さんがまとめた。

俺は麦茶を飲んだ。充希さんも麦茶を飲む。

「現状は分かりました。さて、どうしましょうか――」

「はい……」

実を言うと、打開策となる逆転ホームラン的答えはとっくに思い浮かんでいた。

しかし、それを言うのは――恥ずかしい。

充希さんが小首を傾《かし》げて俺を見つめる。どこか不安げで、雨に濡《ぬ》れた子猫みたいだ。くそっ、めっさかわいいじゃないか。

「充希さん」

「はい」

「ここにごくシンプルで自明と思われる解決策がありますが、聞きますか?」

「ぜひ教えてください。このドジでのろまな亀に導きの手を」

「『ドジでのろまな亀』？」

「――『スチュワーデス物語』という太古のドラマですから気にしないでください」

一大事なせいか、ジェネレーションギャップ的なネタのはずなのに、充希さんは軽くなかったことにしていた。

俺は顔が熱くなるのを明らかに認識しながら、提案した。


「俺と一緒に住みましょう」


充希さんの顔が、ぼんっと真っ赤に爆発した。

「いいい、一緒に、一緒に、一緒に住むぅぅぅ!?」

声がひっくり返った上に、軽くＤＪみたいになっていた。

「お、落ち着きましょう、充希さん」

俺も落ち着いていないけど。

「そ、そうよね！　まずは落ち着かないと！　こういうときこそ年上のお姉さんの冷静さを見せて好感度アップ！　落ち着くには手のひらに〝人〟って字を何回も書いて飲めばいいんだっけ!?」

「冷たい麦茶を飲めば落ち着くと思いますよ!?」

充希さんが大慌てで麦茶を三杯、連続で飲み干した。

「ふー……」

「えっとですね、充希さん。充希さんは住む部屋がないわけですけど、それって元を正せば俺と別れる前提でそうしただけで、こうして俺たちは、その、別れてないんですから。だとしたら、互いに助け合ってですね――」

一緒に住みましょうなんて二度も言えない……!

麦茶で若干落ち着いた充希さんが、恥ずかしげな表情で確認してきた。

「よ、要するに、どど、同棲《どうせい》しましょうってことだよね?」

だめだ。この人、全然落ち着いていない。

「えっと、その言葉は何か生々しくありませんか」

「な、生々しい!?」と、再び真っ赤になって爆発する充希さん。「そんないやらしいこと考えてないよ!?」

「俺だって考えていませんよ!?」

俺たちはふたりで麦茶をもう一杯ずつ飲んだ。

充希さんは落ち着くというより、麦茶の飲み過ぎで具合が悪くなっているようだ。

「うう、おなかがちゃぷちゃぷいってる」

「あのですね、充希さん。このアパートは二間です。だから、ど、同棲、というのではなく、『ルームシェア』ってことにしませんか」

充希さんの顔が輝いた。

「る、るーむしぇあ……」

「そうです。ルームシェアです」

確かに『同棲』というと高校生には刺激的すぎるが、『ルームシェア』というと何となくおしゃれな気分になる。まるで法の抜け穴を見つけた詐欺師の気分だった。

「るーむしぇあ、生々しくない」

「そうです」

「でも、ルームシェアということは、ひとつ屋根の下……！　ケッコン（マジ）……!?」

またしても充希さんが爆発した。

「落ち着きましょう、充希さん」

いままでだって同じアパートなのだから、構造上、「ひとつ屋根の下」だったのだけど、それを言って充希さんが限界突破してもいけないから黙っていよう。

「うんうん、落ち着く。落ち着くよ、千里くん」

「そんな形でどうでしょうか」

「せせ、生活費は入れますから！　足りなければ身体《からだ》で……！」

「充希《みつき》さん、落ち着いて!?」

……そんなこんなで、充希さんとのルームシェアが決まった。

夜のうちに荷造りとある程度の荷物を俺の部屋に運び込む。

ルームシェアに伴って発生した煩悩の撃退には、この力仕事が思いの外よく効いた。


そんなわけで充希さんが俺の部屋にやってきたのだった。

「不束者ですが、どうぞよろしくお願いいたします」

およそルームシェアとは思えない言葉だったが、充希さんの想《おも》いが乗っているからか、いちばんいまふさわしい言葉に思えた。

「こちらこそ、どうぞよろしくお願いします」

俺も頭を下げたら、充希さんが「にへらっ」となった。

「千里くん、かわいい……」

「み、充希さん?」

「え?　はっ!　何にもしてないなりよ!?」

かすかによだれを拭う仕草をしているのが気になるけど……。

さすがに純白のワンピースのままでは引っ越し作業ができないので、充希さんが地味なジャージ姿に着替える。とても似合っていた。

俺が普段、勉強部屋に使っている方にこれからは座卓を置き、俺の布団を敷くようにする。それにあわせてクローゼットの中も空けた。

いきなりふたり分の荷物を詰め込むことになったのだが、充希さんの荷物はそんなに多くなかった。

「前の部屋でもそうとう空間が空いていたんじゃないですか」

「私、普段は干物女だから、段ボールがそのまま収納だったりするんだよね」

聞いてはいけなかったようなので聞かなかったことにしよう。

「充希さん、本が多いですね」

洋服よりも絶対に本の方が多い。

「まあ、学校の先生だからね。教えている地学だけじゃなくて、教育学の本とか高校や大学時代の教科書とかも持ってるから」

「へえー」

授業で教鞭《きょうべん》を執っているときの颯爽《さっそう》とした充希さんの面影が頭をよぎった。

よく使う食器や箸などは、朝夕一緒に食べるためにすでに俺の部屋に持ち込まれている。

しかし、今回は本格的な引っ越しだ。

充希さんの日用品も運ぶ。その中には洗面用具もあった。

「充希さーん、ドライヤーとか歯ブラシとかって洗面台のところでいいですか」

「あ、ありがとー」

俺は普段ドライヤーを使わない。寝癖は水で濡らして自然乾燥か、ひどい場合は朝からシャワーを浴びて生乾きのところをジェルで固めてしまう。

だから、洗面台回りは物を置くスペースがずいぶん空いている。

女の人らしいピンクのドライヤーやブラシ、歯ブラシは分かるが、スプレー類や化粧瓶になると何だかよく分からない。

とはいえ、充希さんの洋服などの整理をできるわけもなく。ちょっとでも手伝おうと思ったら、こういう小物回りにならざるを得ない。

早く片付けてゆっくりしたいしね。

「とりあえず、分かるものだけ置いておきますよー」

洗面用具の次は、バス用品があった。

シャンプー、コンディショナー、トリートメント、ボディソープ……。

コンディショナーとトリートメントの違いは何だとか分からないけど、ぱっと見の銘柄からして、女性用であることは一目瞭然。手にしたボトルから漂ってくるのは間違いなく充希さんの匂いだった。

み、充希さんが毎日これを使っている――！

全身に戦慄が走った。

思わずボトルの香りをかごうとして、自分がきわめてやばい奴《やつ》になっていることを悟る。

危ない。危なすぎる……。

こんな姿を見られたら、ルームシェア初日に愛想を尽かされる。本気で充希さんは出ていってしまうだろう。

心の中で『般若心経《はんにゃしんぎょう》』を唱えながら、機械的にシャンプーなどを並べていく。気分は工業用ロボットだ。

「よ、よし……」

シャンプーが右か左かとか、細かな調整は充希さんにお願いするとして、浴室への搬入は無事に完了した。

「さて、次は――」

ピンク色のナイロン地のタオルが出てきた。ボディソープを泡立てて全身を洗うためのアレだ。

ということは。

いま俺が手にしているこのピンクのナイロンは。

み、充希さんの全身をくまなく洗っている――!?

再び、戦慄が走った。

思わずナイロンタオルの香りを（以下略）。

何か俺、テンション上がりっぱなしの変態になっていないか？

ルームシェアって、こんなに危険なことだったのか。

がんばれ、俺の理性。

充希さんの信頼を裏切るなよ。

しかし、下半身の熱血ぶりがいかんことになっている。

……とりあえず、顔を洗おう。

俺が理性に力を呼び戻すために洗面台でがしがし顔を洗っていたら、充希さんが様子を見に来た。

「ごめんね、こんなことまでさせちゃって。……って、ち、千里《ちさと》くん――」

充希さんがいきなり赤面した。

「どうしたんですか」

充希さんが妙にもじもじしながら、洗面台の鏡の前の歯ブラシを指さした。

「そ、その歯ブラシ……」

俺は普段、歯ブラシを口をゆすぐカップに入れている。充希さんの歯ブラシもそうしたのだが……。

「あっ」

俺の頬も爆発した。

充希さんの赤い歯ブラシの横側に、俺の青い歯ブラシがくっついていたのだ。

まるで、赤い歯ブラシの頬に青い歯ブラシが軽くキスをしているみたいになっている。

「…………」

「…………」

外でダンプカーの通る音がして、アパートが少し揺れた。

そのせいで歯ブラシも少し動く。

充希さんの赤い歯ブラシが回り込むように動き、その上から俺の青い歯ブラシが向かい合わせになってくっついていた。

赤い歯ブラシに青い歯ブラシが覆い被《かぶ》さって、まるでキスしているみたいだった。

「ほにゃあああ……熱烈すぎ……」

充希さんがちょっと泣きそうな顔になっている。

「あ、あー、俺、そう、俺の虫歯菌とか移っちゃうといけないから」

無理やりな口実を見つけて、歯ブラシの位置を変えた。

「あ、あは、あはは。うん、私も虫歯ひどいし。虫歯は痛いからね」

「そ、そうですよね！　歯医者ってずっと通わなくちゃいけなくて大変だし」

「「あはははは」」

乾いた笑いが洗面台に響く。

——我々は何をやっているのだろう。

笑いが途切れた瞬間——伏し目がちの充希さんのまつげが妙に色っぽく見える。桃色に色づいた頬はなめらかで少女のよう。引っ越し作業でほのかに汗をかいていて、甘酸っぱい香りがした。

何よりもいま目を引いてしまうのは、小さく開いた可憐《かれん》な唇。

ごくりと生唾を飲み下した。

いやがうえにも増す緊張感。

すぐ手が届くところに、充希さんがいつでもいるのだ。

さっきの歯ブラシみたいに、俺が充希さんに覆い被さるようにして、顔が接近して、そして、そして——っ！

「だあああああっ！」

「ほにゃあああ！　どうしたの、千里くん？」

煩悩に打ち勝つために喝《かつ》を入れたら、充希さんが腰を抜かしそうになっていた。

隣に住んでいたときとは何もかもが桁が違う。

「充希さん！」

「はい!?」

「ごはん食べに行きませんか!?」

「はい？」

「ごはん食べに行きましょう。もうダメです！」

いまここにずっといたら絶対、俺は野獣化してしまう。一度場所を変えて冷静になろう。方違《かたたが》えだ。

「あ、そんなにおなか空《す》いてたんだね。気づかなくってごめん。ちょっと待ってて」

洗面台で手と顔を洗った充希さんが、部屋に一度下がった。

その間に俺も、いらなくなった段ボールをまとめて部屋の外に出し、手と顔を洗って待った。力仕事で煩悩退散だ。

しばらくして充希さんが出てきた。

「お待たせー」

出てきたのは首から下はいわゆるコンサバふうのお嬢様的格好だが、首から上が絶賛干物系で猫背のハイブリッドな充希さんだった。

はっきり言って、ミスマッチすぎる。

「えっと、充希さん。そのお姿は？」

「うん。普通の私服だけど、そのままだと万一、ほかの生徒とかに会ったときにまずいでしょ？　だから、髪型とメガネだけ干物モードを採用してみました」

しゃべりはいつもの充希さんときたか。

「ひょっとしてなのですが、『変装』みたいなもののつもりでしょうか」

「うん」

「……頭と服の不一致感がかえって目立ちませんかね？」

「そう？」

「やっぱりその髪型のときにはスウェットが似合っていると思うんですよね」

「え？　千里くんはスウェットフェチ？」

「そういうわけではありません」

充希《みつき》さんが身なりを再考するために部屋に戻った。

だが、ごはんを食べに行くときに誰かに見つかってはいけないというのはその通りなのだ。俺は考えなしすぎただろうか。

「おまたせ。これならどうかしら、ダ・ー・リ・ン？」

低めの艶っぽい声。美しい黒髪をなびかせ、胸元が大きく開いた服でバストの曲線を強調。ミニスカートをはいて普段見せない脚線美まで惜しげもなくさらしている。全身すべて色気の塊みたいで、どこを見ていいのかさえ困ってしまう。

完全体の超絶美人モード充希さんだった。

俺の彼女は何と美人なんだろう。まるで芸術作品のような美しさだ。

「み、充希さん……」

気づいたときには鼻血が出ていた。

「ちょ、千里くん、大丈夫!?」

超絶美人モードの充希さんが、素のしゃべり方で仰天していた。

「だ、大丈夫です」

情けなくもティッシュをちぎって鼻に詰める。

「千里くん、どこかぶつけた!?」

俺を介抱しようと近づく充希さんからすごく甘い香りがする。これ、さっきのシャンプーとかなのか？

「大丈夫です。俺、小さい頃から鼻血が出やすい体質なんで。すぐ止まりますから」

「ちょっと横になった方がいいんだっけ？　頭、ここに乗せて？」

正座した充希さんが自分の太股《ふともも》を軽く叩《たた》いた。

「え、な、何を」

「膝枕してあげるから」

ミニスカートの充希さんの膝枕、だと――!?

正座しておいでおいでしている充希さんは、若干上体を前傾しているために大きな胸の膨らみがなおさら強調されて谷間がくっきり。

あんな状態で膝枕されたら、たぶんきっと間違いなく充希さんの胸が顔に当たる。

「い、いえ、頭を高くしない方がいいと思うので」

「そう？　じゃあ、床に横になる？」

それも危険だ。

仮に横になったら、充希さんは確実にのぞき込む体勢になるだろう。

そうなったら、甘い香りのする髪が俺をくすぐり、目の前にはいっそうの凶悪さを発揮する胸が迫るにきまっている。

位置によっては正座しているスカートの中が見えてしまうかもしれない。

そんなことになったら、鼻血が止まるどころか、俺は出血多量で死ぬる。

結論。この人は俺を殺しにきている。

「だ、大丈夫ですから！　あ、あと充希さん、その格好は、その、きれいすぎて目立つので、もう少し抑えた方が」

「うっ、千里くんはまたそんなことを言って、年上のお姉さんの心をもてあそぶ。天然ジゴロ？」

「とにかくお願いします」

本音を言えば――他の人にはこんなきれいな充希さんを見せたくないのだ。

それからしばらくして俺は無事に鼻血が止まり、充希さんはハイブリッドしたときに着ていたコンサバふうの格好と普段通りのひとつしばりで落ち着いた。

「だ、大丈夫かな」

「大丈夫ですよ」

充希さんが普通なぶん、俺の方が髪型を変えていた。服装も、俺の方が大人の充希さんに寄せるべく、シャツを選んだ。サングラスとかも考えたけど、芸能人でもあるまいし、それこそ逆に目立ちそうだったので、伊達《だて》メガネをかけている。

俺がメガネをかけると、充希さんが突如としてハンカチで口元を押さえた。

「うっ」

「メガネ、そんなに似合ってないですか」

「ほんなことない、ほんなことないひょ。ひょっと、まっれれ。わふれものとっへくる」

充希さんが部屋にやたらと長い時間かけて忘れ物を取りに行き、やっとのことで俺たちはアパートを出発した。

俺が先に出て安全を確かめ、充希さんも出てくる。

俺からもきちんと充希さんに告白をし、おまけにルームシェアを始めた。言葉にしてしまえばそれだけのことなのに、世界がまるで違って見えた。

いつも通りの住宅街、よくある白いセダンや軽自動車、町中を急ぐ大人たち、花が散ってまだ若葉の桜の木。昨日までの世界と一緒のはずなのに、別の世界に見える。世界ってきれいだ。

その世界の中心には、充希さんがいる。

「充希さん、何が食べたいですか」

「何でもいいよ」

と言った充希さんが、なぜか照れ笑いを浮かべた。

「どうしたんですか」

「えへへ。これって初デートだなって思って」

たいへんなかわいさだった。危ない危ない。あれ以上、ふたりきりの部屋にいたらどうなっていたことか。

同時にしまった、とも思った。

これまで、平日は学校があるから夜と朝、充希さんが俺の部屋に来てはいたものの、一緒に出歩いたことはなかった。日曜日は充希さんも授業の準備があって別行動も多かった。だから、充希さんが指摘したとおり、いまが初デートになる。

しかし、引っ越しの作業プラス煩悩からの緊急退避でなし崩し的になってしまったため、簡単に言ってノープランだった。

「ちょ、ちょっとだけ待ってくださいね」

俺は立ち止まってスマートフォンを取り出した。

一応、充希さんと行けたらいいなと妄想していた店はいくつかあるのだ。高校生の俺でも何とか充希さんの分も払えて、少し背伸びしてるかもしれないけど、ちょっと雰囲気の良さげな店だ。だが、突然のことだったし、部屋のノートパソコンで調べていたから、店名が思い出せない。

急にスマートフォンをいじり始めた俺に、充希さんが小首を傾《かし》げた。

「どうしたの？」

ほんと、この仕草は充希さんのかわいさを天井知らずに上昇させる。

「いや、実はですね」

と、俺が事情を説明すると、充希さんがふんわりと笑った。

「そんなこと気にしなくていいよ」

「でも……」

やっぱり好きな人に喜んでもらいたいのである。

「それは今度に取っておこ？　そういうお店、私だっていきなりじゃ緊張しちゃうし」

俺の鼻の頭に、充希さんが指でちょんと触れた。

「あ、そっか」

そういう雰囲気のいい店に行くなら、充希さんの方こそふらっと立ち寄る感じではいけないのだろう。たとえばアウトドアなデートでジーンズ姿の日に、サプライズとしてフレンチディナーへ連れていかれたら、きれいな格好の周りの女性たちと比べてしまい、女の人にとっては軽い拷問だ。

「それにしても本当にいまは何でもスマホで検索よね。私が高校生の頃は、『東○ウォーカー』とかあって。私より上の世代はよく読んでたみたい。私は読まなかったけど」

「ああ、書店でたまに見かける月刊誌ですよね」

充希さんの目から微妙にハイライトが消えた。

「……いまは月刊なのかぁ。私の頃は隔週だったのよ？　そもそもは週刊誌だった。それもこれも出版不況とスマートフォンのなせる技。ぐぬぬ」

「み、充希さん？」

「……それ以外にも、女の子向けで『Chou Chou《シュシュ》』っていう雑誌もあったけどなくなっちゃったのよ」

「あー、それは悲しいですね」

「ほかにも、ちょっとえっちな内容もフォローしてる『TOKYO○週間』っていうのもあったのよ。世代的に千里《ちさと》くんは知らないでしょうけど」

「え、えっちな内容ですか……」

「おすすめラブホテルとか載ってて……って、変なこと言わせないで！　そして私は読んでないから！　友達が教えてくれただけだから！」

ぽかぽか殴られた。自分で勝手にその雑誌の内容を暴露したくせに、理不尽だ。

「分かりました。分かりましたから叩かないでくださいよ～」

言いつつ顔がにやけてしまう。かわいいなぁ、この人。

充希さん、まだ赤い顔をして口を突き出し、ご不満の意を表明していた。

ところが、ふと頭の上に豆電球が点《つ》いたような顔になった。

「千里くん、ラーメン横丁にラーメン食べにいこう」

「ラーメンですか?」

「うん。ふたりで一緒に食べた思い出の場所だし。あ、あれが初デートだったのかな?」

「あれは干物系女子によるストーカー行為に近かったのでは?」

入学式の前々日に、干物系女子モードの充希さんが俺を尾行してきたとき以来、ラーメン横丁には行っていない。何しろ、それから先は充希さんと一緒に家でお夕飯を食べることがほとんどだったからね。

ラーメン横丁に入るととんこつスープのにおいが強くした。

ここには全十店舗のラーメン屋があってとんこつ系はその中で二軒だけなのに圧倒的な存在感だ。そのため、前回来たときには選択の余地なしという感じでとんこつラーメンの店に入ったのだったっけ。

「とんこつ、醬油《しょうゆ》、味噌《みそ》……。今日は何ラーメンがいいかな」

充希《みつき》さんが物珍しそうに店舗をのぞく。

「特別、好きなラーメンはあるんですか？」

「うーん。〝これじゃないとダメ！〟みたいな強い嗜好《しこう》はないかな」

「前回はとんこつラーメンと醤油ラーメンでしたけど」

「あれは、千里くんが食べてたから私も一緒のものが食べたいなって思っただけ」

無意識の一言の破壊力。純粋な瞳の暴力。公共の場でまたしても鼻血を吹きそうになってしまったではないか。

「じゃ、じゃあ、充希さんはこってりとあっさりならどっちが好みですか？」

気を取り直してアンケートを取る。

「うーん、その日の気分でどっちでもだけど、いまはこってりがいいかな」

「定番系とアレンジ系、どっちが好きですか」

「やっぱり定番系」

「スープのにおいは気になる方ですか」

「そんなでもないよ」

「麺の好みはありますか。太麺がいいとか、細麺がいいとか」

「どっちもいける」

「野菜はたくさんとりたいですか」

「お野菜は健康にいいよね」

「では最後の質問。今日ははしごしますか？」

「ち、千里くんに任せます」

最後だけ思い切り目が泳いでいたから、今日はラーメン屋のはしごはなしにしよう。

それで野菜がたくさんとれるとなると……。

「北海道の味噌ラーメンのお店はいかがですか？」

「うん、いいよ」

ラーメン横丁には北海道ラーメンの名店が出店していて、そこの味噌ラーメンも前回、気にはなっていたのだ。

食券販売機の前で財布を出そうとした充希さんを止める。

「ここは俺がおごります」

「いいよ、千里くんにお金払ってもらうなんて」

「〝初デート〟なんですからカッコつけさせてください」

すごく恥ずかしかった。

充希さんはちょっと不思議そうな顔をしたけど、すぐに笑顔になった。

「ふふ。分かった。おごらせてあげる」

「何にしますか」

「特製味噌バターコーンラーメン毛ガニ丸ごとトッピング一万円で」

「……いいっすよ」

「ほにゃあああ！　待って、千里くん。いまのはお姉さんの軽いジョークだから、ほんとにお金入れないで!?」

結局、普通の味噌ラーメンと、こちらもおすすめという塩バターコーンラーメンのふたつを頼んだ。このチョイスにしたのは、充希さんが両方とも気になるとひとつに決めかねていたからだった。

取り皿をもらい、ふたりでシェアする。

ひとくちすすって感動した。

「味噌ラーメンうまっ！　さすが北海道！」

深いこくの味噌と野菜のうまみがとろけるようなスープになっている。バターが溶けてさらに味わいを増していた。太い玉子麺もスープの強い味をがっしりと受け止めていて、いままで食べた味噌ラーメンの中で最高の一杯だった。

「この塩ラーメンもおいしいよ。千里くんも食べてみて」

「ありがとうございます。充希さんも味噌ラーメン、いってみてください」

「ありがとう」

充希さんに分けてもらった塩バターコーンラーメンもいただいてみる。

「こっちもうまっ！」

北海道でバターでコーンときたらうまくないわけがないと思っていたが、その味たるや想像以上だった。

これまで、ラーメンと言えば東京の醬油か、とんこつや味噌といったがっつりしたものばかりを勘定に入れて、塩ラーメンというもの自体を軽んじていた。

しかし、いま食べた塩ラーメンはそんな常識を簡単に砕いてくれたのだ。

かすかに濁った白いスープは上品な塩気の奥にしっかり出汁《だし》が利いていた。

それだけでもうまいのに、麺との相性が実にすばらしい。よく見れば味噌ラーメンとは麺が微妙に違う。同じ店なのに味噌と塩でそれぞれにふさわしい麺を用意していたのか。

バターとコーンの相性がいいのは知っていたけど、そこはやはり北海道。いままで食べていたとうもろこしはなんだったのだというくらいに甘く、みずみずしく、そのくせラーメンの塩気とマッチする。

「味噌ラーメンもおいしい」

充希さんも箸が止まらなくなっていた。

あっという間にふたつのラーメンは、スープも含めて俺たちの胃袋に収まってしまった。

もう、どちらの器にもコーンの一粒も残っていない。

「ごちそうさまでした」

充希さんがグラスにお冷やをついでくれた。

「このお店、当たりだったね」

「ええ」

「でもさ——」と充希さんが声を潜めた。「千里くんと一緒に食べたからすごくおいしかったんだと私は思うよ」

「ぬがあああ!」

あまりのかわいさに、俺は頭を近くの壁に数回打ち付けた。

「ど、どうしたの、千里くん。キャラ変わってない!?」

充希さんが心配げに俺を止めた。

「大丈夫です。極めて大丈夫。オールグリーンです」

「千里くん、優等生か文学少年なキャラなのに、どうしちゃったの?」

「俺、そんなに真面目なキャラに見られていたのですか」

自分でもおかしなことをやっているとは思っている。

しかし、昨夜からいまにいたるまでの充希さんのかわいさたるや、何事だろうか。リミッター解除ってやつか?

ふたりきりで部屋にいたら暴走しそうだったので外へ出てきたものの、外でも暴走させられてしまっている。

でも、まあ――。

「ん？」と微笑《ほほえ》んでいる充希さん。

周りに大量のカスミソウの幻が見えるような可憐《かれん》さだ。

うちのクラスの女子の誰よりもかわいい。

若さでは、たしかに現役高校一年生の女子が勝つことは自明。

しかし、若さイコールかわいさではないと思うのだ。

かわいさというものは、見る者に愛《いと》しさを感じさせるかどうかだと思う。

気がついたら俺は充希さんにこう言っていた。

「充希さん、かわいいですね」

そのかわいい人は、目の前でゆでだこになった。

「ほにゃあああ！　なな、何で、千里くんはこんな場所でそんなことを⁉」

赤面した充希さんが俺をぽかぽかと叩《たた》く。猫パンチよりも威力はない。むしろ叩かれるほど心がぽかぽかしてエネルギー回復になる。

「やめてくださいよ～」

と、言いながらも、またしてもにやけてしまう。

「うう～……知らないっ」

充希さんがぷんすかしながらそっぽを向いてしまった。この「ぷんすか」がまたかわいいのだよ。

学校では地味系女性教師として無表情でぼそぼそとしゃべっている、暗く見られてもおかしくない人と同一人物なのだと思うと、何かもう、このギャップがひたすらたまらないよね。

「ごめんなさい、充希さん。そうだ、デザート。デザートでも食べませんか？」

充希さんがジト目で振り返る。そのままつかつかと戻ってきた。

「いや」

「何でですか」

「だって……外にいたら誰かに見つかりそうな気がしてどうしても落ち着けないし、それに」

「それに？」

「外じゃ、私が千里《ちさと》くんのことを『かわいい』って言えないからやだ」

「うぐっ……！」

年上女子から「かわいい」と言われることの威力――っ。

また壁に頭を強打しそうになったが耐えた。

結局、俺たちふたりは近くのコンビニに寄って、食後のデザートを物色することにした。

「さっきラーメンをごちそうになっちゃったから、デザートは私がおごるよ。何でも欲しいものを買ってね」

コンビニで甘い物はたまに買う。ただし、俺が買うのはプリンかアイス程度で、いわゆるコンビニスイーツはあまり手を出さない。理由は単純で、高校生男子には高いからだ。そのいつものノリでビッグプッ○ンプリンを手に取ったのだけど、充希さんから「せっかくだから他のものもゆっくり見よう」と言われてしまった。

そんなわけで、ゆっくりとコンビニを見て回る。

こうして見ると、コンビニっていろんなものがあるんだな。

雑誌コーナーとドリンク、パンやおにぎりや弁当コーナー付近はよく利用するのだけど、お菓子コーナーをじっくり見て回ったことはなかった。駄菓子から季節限定のお菓子までいろいろあるんだね。

お菓子コーナーだけではなく、カップ麺や缶詰、レトルト食品もたくさんある。ひょっとしたらスーパーよりもバラエティ豊富かもしれない。

食べ物だけではなく、文房具、日用品の類まであるし、改めて見たら下着まである。ご不幸ごとのために黒ネクタイまであるとは驚き。サプリ関係もこんなにあるんだ。

そんなふうにあれこれ眺めていたら、その中の一角に目が釘付《くぎづ》けになってしまった。

小さな箱に、○・○一とか数字が書いてある。

「こ、これって……！」

アレ、だよな。大人の関係にはとても大切なゴム製品的なものだよな？

同じような小箱が何種類もある。

みんな同じようにも見えるし、何が違うのか知りたくもあるし。

いやいや、それよりもコンビニでこんなふうにさりげなく売られていていいのか。

「ねえねえ、千里くん。このケーキ、熊さんの顔になっててかわいいよ」

かわいらしい熊の顔をかたどった期間限定コンビニスイーツを手にした充希《みつき》さんが無邪気な笑顔でやって来た。歩くたびに充希さんの胸がぽよぽよしている。

「あっ、充希さん——」

充希さんが、俺の見ていたものに気づいた。

「ち、千里くん、それ——」

充希さんの表情がみるみる曇り、真っ赤になって眉が八の字になった。泣きそうな顔になって目を逸《そ》らしている。

「違うんです、充希さんっ」

「…………」

充希さんが無言で何度も頷《うなず》いていた。

「えっと、そうそう、デザートですよ、デザート。デザート探さないといけないですよね。ははは」

――会話が続かない。気まずい。

充希さんはうつむいている。本気でショックを与えてしまったようだ。さっきのアレはまだまだ先だと俺は自分を戒める。

「まだ……ダメだよ……？」

いまにも泣き出しそうなか細い、かろうじて聞き取れる声で充希さんがそう言った。

「も、もちろんです――」

だって俺たちは、そういうこと以前に、キスもまだなら、手だってまともにつないでいないんだから。

「千里くん、アイスクリームなんてどう？」

アイスクリーム売り場で充希さんが再び笑顔を作ってくれた。ほっとした。

結局、ふたりでアイスクリームを買った。八十円のではなく、二百円超えのもの。充希さんが抹茶味で、俺がバニラ味。

「おおお、ブルジョワのアイスだ」

「ふふ、今日は奮発しちゃった」

溶けるまえに部屋に戻ろうと、やや急ぎ足でコンビニを出ようとしたところで、俺は回れ右をした。

「おっと、忘れ物」

俺は驚く充希さんの背中を押すようにして店内に戻る。

「わわ、千里くん!?」

「あそこ、見てください」

「え?」と、目が悪い充希さんが眉間に皺《しわ》を寄せて、俺が指さす方を見る。「誰かいたの?」

「ぎゅうちゃん」

俺が外を見たままそう言うと、充希さんが怪しくない程度にぎゅうちゃんの方を凝視していた。

「牛久《うしく》さん? ほんと?」

サイドテールのちっちゃい子で、首から一眼レフをぶら下げている女の子なんてそうそういない。っていうかあいつ、休みの日でも一眼レフを首から下げているのか。いや、休みならかえって普通なのか。何だかよく分からなくなってきた。

分かるのは——いま何も考えずに帰ったら、ぎゅうちゃんとかち合って、あの一眼レフの餌食になるだろうということだ。

「充希さん、先帰ってください」

万が一にも向こうに見つからないように、雑誌コーナーで少し身をかがめる。

「そんなっ。千里くんを残して私だけなんてっ」

「万が一あいつがこっちへ来たら、逃げ場がありません」

「ひとりじゃ嫌。千里くんも一緒に逃げよ？」

「充希さんならできます」

ちょっとしたハリウッド映画のクライマックス状態だ。

「でも、アイス溶けちゃうかも」

訂正。とても小市民的な状態だった。

「……ブルジョワのアイスが溶けてしまうのはもったいないですね」

俺たちは強行突破を試みることにした。

コンビニの自動ドアが開くと同時に、さかさかと逃げ出す。

ぎゅうちゃんは気づいていないはずだ。

街路樹から街路樹へ、腰を折って早足でその場を去る。

わざと道をジグザグに曲がって後ろを確かめた。

「はあはあ、後ろ、誰もいないよ」

「ええ。何とか見つからずに済んだみたいですね」

俺たちふたりは顔を見合わせて笑い声を上げた。

「ドラマか映画のワンシーンみたいで楽しかったね」

「そうですね」

どうやら充希さんも俺と似たことを考えていたらしい。

ふと、充希さんが心配げな顔をした。

「大丈夫？　急に走って疲れちゃった？」

「いえ、そうじゃないんですけど。いつか、ちゃんとふたりで堂々と町を歩きたいです」

「……そうだね」

「それで、そのときにはぎゅうちゃんに思い切り写真を撮ってもらうんです。『これが俺のいちばん大切な人なんだ。思い切りきれいに撮ってくれよ』って」

「ほにゃあああ！」と、充希さんが叫んだ。「またそういう素敵発言をする！　千里くんは私の感じやすい弱いところを全部知り尽くしているの？」

「みょ、妙な言い方は慎んでください」

買ってきたアイスクリームは溶けずに済んだ。

アパートの部屋に戻り、アイスクリームを冷凍庫に一旦しまうと、俺たちはシャワーを浴びることにした。

……。

………。

……………。

「「シャワー!?」」

夜のアパートに俺たちの声がこだまする。

充希さんが真っ赤な顔で目を丸くしている。たぶん俺も同じような顔で充希さんを見ているだろう。

「……この辺に銭湯ってありましたっけ？」

「……ないよ」

「……ですよねー」

銭湯があれば俺がそっちを使うという手があったのだが。

一日の疲れを取るべく風呂やシャワーを使うのは至極当然なことだ。何もやましいことはない。

しかし、現実にその時間がやってきたときの具体的対応及び精神的余裕はまったく考慮していなかった。

「ち、千里くん、お先にどうぞ」

「充希さんこそ、お先にどうぞ」

……。

………。

…………。

「「あははは――」」

ふたりして頭を掻《か》いた。

掻いたところで、解決はしない。

「千里《ちさと》くん、先にシャワーを使って？」

「いえいえ、俺はあとでいいですから、充希さん先に」

堂々巡りだった。

結局、古式ゆかしく、じゃんけんとなり、充希さんが先に入ることになった。

「じゃ、じゃあ、先にシャワー使わせてもらうね」

「ど、どうぞ、ごゆっくり……」

照れ笑いを浮かべた充希さんが、着替えを取りに部屋に戻る。

しばらくして出てきた充希さんが、いたずらっぽく笑った。

「覗《のぞ》いちゃダメだよ？」

「なな、何言ってるんですか」

一旦、浴室に行きかけて、戻ってきて付け加えた。

「どうしても我慢できなかったら、覗いてもいいよ？」

たいへんな爆弾を落として、充希さんが浴室に消えた。

俺は部屋に戻って座布団に顔を押しつけると、悶《もだ》えた。

「うわあああああ！　かわいすぎるううう！　充希さんが好きすぎて死ぬううう！」

上目遣いの「覗いちゃダメだよ？」って、何あのかわいさ!?

むしろ覗いてと言わんばかりの魅力じゃないか！

フラグなのか!?　これはフラグなのか!?

ふと自らの奇行に我に返り、座布団に正座。

しかし、気づけば頬が緩んでいる。

そのとき、かすかにシャワーの流れる音が聞こえてきた。

――思わず静かになってしまう。

静かになってしまえば、そんなつもりはこれっぽっちも、本当に爪の先くらいのこれっぽっちもないのに――かすかな音も聞こえてきてしまう。

「ふんふんふーん♪」

シャワーの音と、充希《みつき》さんの歌が小さく聞こえる。

一糸まとわぬ充希さんが鼻歌交じりでシャワーを浴びている……！

想像してはいけないと思いながらも、充希さんの玉のような肌を想像してしまう。

……。

…………。

…………。

身体《からだ》の一部分がいきり立ってしまった。

また鼻血が出そうだ。

「煩悩退散……ッ」

立ち上がって、蛍光灯のヒモを相手にボクシングを始める。毎度この蛍光灯のヒモはひ

どい目に遭っているな。

今日はいつになく激しく攻めた。

そうこうしているうちに、シャワーの湿気がこちらの部屋の方にも漂ってくる。

いままさに、充希さんが俺の部屋でシャワーを使っているという生々しい実感――！

股間のテントが大変なことになっている。

シャドーボクシングでは足りそうにない。筋トレを始めた。

腕がパンパンになって腹筋がつりそうになった頃、充希さんの声がした。

「お先にー」

「はあはあ。はい、お疲れ様でした……!?」

目の前の充希さんの姿に、呼吸が止まった。

生乾きの髪はつやつやと光り、充希さんの顔を美しく縁取っている。メガネは手で持っていて、つまり超絶美人モードである。シャワーを浴びてお化粧も落としたはずなのに眉は美しく、長いまつげに縁取られた瞳は宝石のように輝いていた。

シャワーで温まった頬はきめ細かく、ほんのり桃色に上気している。一日の疲れをきれいさっぱり洗い流したことで表情もすっきりしていて、清らかささえ感じられた。

問題はその顔から下、つまり、身体の方だ。

充希さんの美しい首から鎖骨を経て胸元にかけてのいわゆるデコルテがあらわになっている。

それもそのはず。充希さんはバスタオルを身体に巻いた姿で出てきたのだ。

メガネを持っている右手で充希さんは胸元を押さえていた。

筋トレをしていた俺の方が充希さんよりも低い位置にいる。

はっきり言ってしまえば、バスタオルで覆われているとはいえ、座布団に座っている俺の真っ正面は充希さんの下腹部なのである。

充希さんが左手でバスタオルの裾を押さえるようにした。

「あんまりじろじろ見ちゃダメだよ？　千里くんのえっち」

あのバスタオルの向こうは下着一枚だけ。

バスタオルの下から伸びている太ももまで、シャワーのせいかしっとりしているように見える。

呼吸はおろか鼓動まで止まりそうだ。

「あ、いや、そんなことは――」

慌てて立ち上がった。しかし、そこにも充希さんの仕掛けた罠《わな》があった。

バスタオルが落ちないようにきつく巻いたことで胸が寄せ集められて大変な状態になっている。立ち上がると身長差的に胸元にいちばん視線が集中してしまう。

そこから目を背けても、いかにも女性らしいラインで白く輝くような肩が待っている。

大人の女性の肩のラインって、こんなに色っぽいものだったのか。

ここでふと、重大なことに思い至る。

バスタオルを巻いただけということは、ブラジャーをしてない、のだろうか。

つまりは、あのタオルの下には、充希さんのふわふわバスト（推定）がいきなりいるということで。

もはや完全に混乱状態の俺は思わず尻餅をついた。

「あん。千里くん、大丈夫？」

充希さんが両膝をつき、妖艶な笑みを浮かべてそのままにじり寄ってくる。

「あ、あの、充希さん……!!」

このまま正面から対峙《たいじ》しては、理性が負けるのは自明だった。

背中を向けて逃げようとしたが、それがマズかった。

すぐさま充希さんに捕まってしまったのだ。

充希さんは俺の背中に張り付くようにして、耳元でささやいた。

「ねえ、千里くーん。私の裸、想像しちゃった？」

「な、何言ってるんですか」

筋トレの汗とは違う汗が流れる。

　これまでも、充希さんが俺の部屋で夕飯を食べるときはシャワー上がりだった。免疫がないわけではないのだ。

　しかし、これは凄《すさ》まじい。

　いままでの充希さんはまだ本気になっていなかったのだ――そんな注釈を入れたいくらいだ。

　シャワーの湯気とシャンプーの香りと充希さんの体温が交じって俺の背後に迫る。充希さんの髪からシャワーの名残の雫《しずく》がぽとりと落ちた。

「うふふ。千里くん、かわいい」

　口の中がからからだ。頭の中が真っ白になっていった。

　もう限界だ――！

「み、充希さん！」

　振り返って思わずその肩に触れ――ないで、俺は座卓に頭突きした。

「千里くん!?」

「いててて……。充希さん！　やり過ぎです！」

俺がぎりぎりで踏みとどまれた理由。

それは振り返った瞬間、充希さんが涙目だったからだ。

充希さん、正座。

「だって、さっきコンビニで千里《ちさと》くん……アレをじっと見てたから、ちょっとだけがんばってみたの」

何ということだ。充希さんの大暴走の原因は俺だったとは。

「あの、充希さん、ほんと、俺も男だからマジでヤバいときはヤバいんで、やり過ぎはほんと、マジでダメなんですからね！」

「反省します……」

ほんと、この人は——かわいくて、愛《いと》おしい。

そのあと、シャワーを浴びに行った俺は、浴室全体に充満する充希さんの濃厚すぎる香りに全身くまなく包まれて倒れそうになった。

第四章　ふたりの関係は秘密でなければいけませんか?

私、御厨《みくりや》充希は真面目な教師である。

教師というものは忙しいのである。放課後になって生徒たちが学校から帰ってもやることはいっぱいある。

今日は土曜日。授業は午前中で終わりだ。

ちょっとでも早く帰って千里くんとの時間を増やすために、地学準備室で月曜日の授業に備えて一生懸命仕事をしている。

「ふーんふーんふーんふーんふふふふふふーん♪」

「うりゃ」

「ほにゃあああ!? な、何するの、麻美《まみ》! いやぁ、やめてぇぇぇ!」

突然、美術教師で親友の麻美が私のわき腹をくすぐってきたのだ。

「ここか、ここがええのか!?」

「いやぁぁぁ!」

じたばたしまくって体力消耗。麻美のテクで息も絶え絶えになった頃にやっと解放された。

「ふっふっふ。相変わらず敏感な身体《からだ》じゃのう」

「ううっ……って、ここは地学準備室です！　何、勝手に入ってきてるんですか!?」

「おーおー、真面目にですます調でしゃべっちゃって」

「〝先生〟中なのですから当たり前です！」

「美術室って別棟の最上階で寂しいんだもん。授業がないときくらい遊びに来てもいいじゃん」

油絵の具などで服が汚れないようにエプロンをした麻美が悪びれるふうもなく笑っている。エプロンの下には、原色をうまく生かしていながらシルエットはざっくりした服装。いかにも芸術系の華やかさに溢《あふ》れていた。私にはまねできない。これでふたりの子持ちというのは詐欺だよね。

「仕事しなさい」

メガネをすちゃっと直して普段の自分を取り戻す。

「ところで、いま何やってるの？」

「火山岩と深成岩の違いの実験の準備です」

「カザンガン？　シンセイガン？　何それ、おいしいの？」

「麻美、高校時代に何を勉強したのですか？」

「あたし、文系だったしぃ～」

「……どちらもマグマが冷えてできる岩石です。マグマが急速に冷えると斑状組織という形になって火山岩に、ゆっくり冷えると等粒状組織という形になって深成岩になります。その結晶のでき方の違いの実験です」

「なるほど。一気に爆発して賢者モードになる男子の性欲のようなのが火山岩ってヤツで、ゆっくりじわじわ余韻を楽しむのが深成岩ってヤツね?」

「いかがわしい言い方しないでください!」

私の生徒だったら絶対「1」にしているところだ。

「それよりそれって、本物のマグマのマグマを作って実験するの!?」

「そんなわけありません。マグマの代わりに結晶ができる物質を溶かして作ります」

「なーんだ。本物のマグマ使うなら見たかったのに」

「いくつか実験に使えるものはありますが、今回は手軽さと見た目の派手さから、水道水を金魚の水槽の水に変えるカルキ抜きに使うハイポというものを使います」

そう言って手元の袋を見せた。まるで氷砂糖のような結晶がたくさん入っている。麻美が「おおーっ」と感心している。ふふん。私だって立派な先生なのです。

麻美が尋ねた。

「ところで、いま例の彼とはどこまでヤったの?」

「ほにゃあああ!?」

思わずハイポの袋を放り投げてしまった。長方形の小さな粒がそこいら中にぶちまけられる。

「何してるのよ、充希《みつき》！」

「それはこっちの台詞《せりふ》です！　何てことを聞くんですか！　これが青酸カリや硫酸だったらとんでもないことになってましたよ!?」

「いや、変な質問したのはあたしだけど、実際に薬品をばらまいたのは充希だし」

「ううう〜……」

口をへの字にして麻美をにらむ。一応、悪かったと思ったのか、麻美もハイポ集めを手伝ってくれた。

一段落したところでインスタントコーヒーをふたり分作る。

「ありがと」と、受け取った麻美が口をつけてやけどしていた。

「麻美、猫舌なんだから気をつけて」

「ありがとう。やさしくておっぱいの大きい充希先生」

「またそういうことを言う……！」

「で、どうなの、彼は？　火山岩？　深成岩？」

「火山岩と深成岩を変な文脈で使わないでください！　麻美のコーヒー、レンジで極限まで加熱してあげましょうか」

「やめて!?　それ、突沸っていうのが起こって大やけどするヤツだよ!?　ご家庭の主婦はみんな知ってるんだからね!?」

「そうされたくないなら、学校で変なことは言わないでください」

「変なことっていうのは、『彼とはどこまでヤった？』とか？」

「電子レンジ――」

「嘘《うそ》です！　充希様、ごめんなさい！」

麻美が座っていた椅子から飛び下りるようにして土下座した。

「まったく……。そんなことしたら犯罪なんですからね！　ほら、椅子に戻って」

「へへへ。一応自覚はあるんだろうけど、充希の頭の中は彼一色でしょ？」

ズバリ指摘されて耳まで一気に熱くなった。

「そそそ、そんなことはないよ？　私は真面目な地学の先生だよ？」

ふーんと、麻美が疑わしげな目で私を見つめる。脇の下に変な汗がにじむ。

「そーお―？　こーんな鼻歌まで歌っちゃっててぇ～？」

麻美が自分のスマートフォンを取り出し、録音データを再生する。

『ふーんふーんふーんふーんふふふふふふーん♪』

「ほにゃあああ！」

自分の鼻歌！　恥ずかしい！　恥ずかしすぎる！

慌ててそのスマートフォンを奪おうとするが、麻美にひらりと身をかわされた。

「これ、何の曲?」

自分の鼻歌が連続再生され続ける……。いっそ殺して……。

「ど、ドラ○エVの結婚イベントで流れるワルツ……」

「彼のことで頭いっぱいなんだよね?」

「はい——」

白状したら鼻歌を止めてくれた。しかし、すでに私のステータス表示はオレンジ色の瀕《ひん》死《し》状態。いまなら余裕でスライムに倒されてしまう……。

大きなため息をついて、麻美が肘をつき、足を組んだ。

「あのね、充希。この鼻歌、廊下でも聞こえたのよ?」

「ほにゃあああ!?」

私は死んでしまった!

「まあ、放課後の地学室なんて誰も来ないから、誰も聞いていないだろうし? だから、充希も油断していたんだろうけど?」

「はい……もうしません……」

うなだれながら私は固く心に誓った。

「そんなこと言って、すぐ忘れるんじゃないの?」

「もう大丈夫です！　やりません！」

「……何かの中毒患者みたいね」

あきれられてしまった。

「だって、ちさ……彼がかわいすぎるのがぜんぶいけないんです」

「はい、そこ。人のせいにしない。むしろあんたがしっかりしなきゃいけないんでしょ?」

「その通りでございます……」

「一緒に暮らして楽しいのはとてもよく分かります」

「はい……」

麻美には、いろいろあって現在ルームシェアしていることについても話してある。これまでずっと相談に乗ってきてもらっているのだから、いまさら隠すのも水くさいと思ったのだ。もっとも、歯ブラシ同士が熱烈キス事件とか初シャワー事件とか、恥ずかしい話は黙っている。

ちなみに、ルームシェアの話をしたとき、麻美はまず軽くめまいを起こしたが、最終的には私を応援してくれた。

「けどね、一緒に生活していて新鮮さが薄れてくるとね、細かなところが目についてだんだんイライラしてくるのよ。ふふふ」

「ま、麻美……?」

「そうやって小さなところを我慢しているうちにいつかケンカになっちゃうんだけど、そのあとの仲直りの夜の営みが激しくていいのよ♪」

「リアルな大人の話はいけないよ!?」

「半分冗談よ」

「半分だけ!?　残り半分は!?」

とんでもない暴露話が続くのかと思ったがそうではなかった。ただし、麻美の家族計画的な暴露話よりも、ある意味、切実な内容だった。

「彼、若いんだから、相当欲求不満になってるんじゃないの?」

「お、男の子って……やっぱり火山岩?」

「あんたが火山岩をエロい意味で使ってどうするの」

「ううう〜……」

でも、たしかにこのまえの初シャワー事件のときとか、ときどき千里《ちさと》くんのズボンがちょっと膨らんでたような……。

アレってやっぱり、私の身体を見て——だよね……。

「あのくらいのときには、頭の中は女子のことでいっぱいよ」

「た、たしかに、連日のように『彼女が欲しい』と騒いでいる男子はいます……」

星野《ほしの》くんの「彼女欲しー」の叫びは廊下まで聞こえたことがある。チャーリー・シーンに似た子で千里くんの友達だ。

「でしょ？　えっちへの興味も大変な時期に、目の前にはこんな巨乳でしょ？」

と、麻美《まみ》が私の両胸をむんずと摑《つか》んだ。

「ほにゃあああ！　ななな、何するんですか!?　セクハラです！　セクハラです！」

大事なことなので二回言いました！

「こんな凶悪な乳を毎日見せびらかしている充希の方が、よっぽどセクハラよ」

「ひ、人聞きの悪いこと言わないでくださいっ。そして、手を離してください」

麻美が名残惜しそうに両手をお椀型《わんがた》にしてわきわき動かしている。やめて。

「あたしが男の子だったら、絶対に無理だわ」

「何がですか」

両手で自分の胸をかばうようにして尋ねると、麻美がにたりと笑った。

「充希のこと押し倒す」

「ひっ！」

麻美が下目遣いで怪しい笑みを浮かべている。

「ふたりっきりよ、充希？」

「ちょ、ちょっと待って！　麻美は『趣味は出産、特技は安産』なんでしょ？　私を襲ってもどっちも生かせない」

逃げようとするが、椅子に座っているため限界がある。そこへ麻美がにじり寄ってくる。

「こっちは趣味じゃなくて本業だったとしたら……？」

「ひぃっ！」

怖い！　御厨《みくりや》充希、同性の親友相手にまさかの貞操の危機です！

「大丈夫、すぐによくなるから」

「嫌……。怖い。助けて——助けて、千里くん!!」

きつく目をつぶって身体《からだ》を硬くする。……あれ？　何もない。

おそるおそる目を開くと、麻美が椅子に戻って、しれっとコーヒーを飲んでいた。

「インスタントコーヒーって独特の味わいがあるわよね」

「ま、麻美……？」

「冗談に決まってるでしょ。私は旦那がいるんだもの。それにしても、充希、彼の名前を絶叫していたわね」

「うっ……」

恥ずかしくて顔から火が出そう……。

「じゃあ、仮に彼に襲われちゃったら、充希は誰に助けを求めるの？」

「えーっと……死んじゃってるけど『お母さん』？」

大真面目に答えたのだが、麻美は失笑していた。

「あははは。それ、最高！　男の方は絶対萎えるわ」

「ひどい！」

天国のお母さんに助けを求めたくなりました。

しかし、麻美は笑いを納めるときちんとした話を始めた。

「彼は獣にならずによくがんばっているわよ。だから、充希も襲っちゃダメよ？」

「そそそ、そんなことしません！」

「ほんとかなー？」と、麻美がのぞき込む。

「…………」

ほんの少しだけ、さっきのハイポの一個くらい、いや、インスタントコーヒーの一粒くらい、邪《よこしま》な気持ちがわき上がらないこともないけど……。

「充希のことは信じているし。それよりも、彼ががんばって理性を保ってくれているんだから、意識的にでも無意識的にでも、彼を誘惑しちゃダメだよ？」

「ゆ、誘惑なんてしてません」

メガネを外したらお姉さんモードになることは黙っておこう。

「いやー、この乳がさ」

「それはもう分かりました！」

両手をわきわきさせた麻美から身をよじって胸をガードする。

麻美がまじめな顔になって忠告した。

「いい？　彼があんたに手を出さないのは、それだけ大切に考えてくれているからなんだからね」

「大切に、考えてくれている――」

うれしすぎる！

「そこ！　耳まで真っ赤になって照れてる場合じゃないんだから」

「はい……」

怒られてしまいました……。

「彼の愛情に応えるためにも、充希《みつき》は年上で大人なんだから、彼を襲わない、襲わせない努力をしないとダメなんだからね？」

親友の言葉が思ったよりも心に刺さった。

◇◆◇◆◇◆◇◆

好きな人と一緒に暮らせるというのは、こんなにも心が落ち着くものなのか――。

充希さんにプロポーズされ、しかもお隣さんで、毎日一緒にごはんを食べて。それだけでも楽しかったのに、いまは一緒に暮らしているんだよ？

最高しかない。

たしかに、お風呂上がりの充希さんの香りとかの破壊力はハンパない。

何てことないトレーナーなのに、大きな胸がたよんとしているのが分かったりすると、即行で立ち上がって蛍光灯のヒモ相手にボクシングを始めたくなってしまう。

やっぱり女の人の胸って重いらしく、気を抜いた充希さんはよく座卓の上に胸を置いている。

服の上からとはいえ、割と形があらわになっていた。

そのせいで、結構、見ちゃうんですよ、これ。

しばらくすると俺の視線を感じてしまったのか、充希さんははっとなって座卓の上から胸をどかしている。

ところが、「でねー」とか「あのねー」とか、話に夢中になってくると、充希さんはまた自分の胸を座卓に乗せている。どうやら無意識らしい。

また少しすると、充希さんがさりげなく胸をどかす。

それから話が盛り上がってくると胸が座卓にぽよんと乗っかる。こんにちは。

気づいた充希さんが胸をどかす。さようなら。

このループ——またシャドーボクシングしたくなる。

そんなこともひっくるめて、充希さんと一緒にいられることの価値が、俺にはこの上なく大きいのだった。

昼休みに男友達と食事をしていると、星野からいろいろ聞かれることが多くなった。

その日は土曜日だったので昼ごはんはないが、部活があるので弁当を食べる星野と松城《まつしろ》と一緒に、コンビニで朝のうちに買ってきたおにぎりを食べていた。

「藤本《ふじもと》、おまえなんか最近、変わったよな？」

「そんなことないよ」

「何ていうか、余裕？　みたいなのが感じられるんだよな」

「あー、何か分かる。勉強も順調みたいだし」

と、松城も適当に言っている。

「何もないよ」

男としての自信は日に日に増している感じ？

「いいよなあ。そういう大人の余裕みたいなのがあれば、女にもてると思うんだよな。どんな努力してるんだよ」

「もてないし努力もしていないよ」

まるで女子にもてたくて余裕ぶってるみたいじゃないか。

実際は逆だ。

彼女を作りたくて余裕ぶっているのではなく、彼女ができたから心に余裕ができたのだ。

ふっ、おまえらには分からんだろうな、この領域の話は――などと言ったら血祭りに上げられるから黙っている。

それにしても、こいつは声がでかい。

いま教室の隅で購買のパンをかじっている。

つまり、ほかにもこいつの声が聞こえているクラスメイトはいるわけで。

はっきり言ってしまえば、クラスの女子が若干俺のことを白い目で見ていた。

いや、女子から多少白い目で見られるのはこの際いいんだ。ただ、まかり間違って、充希さんが教室に入ってきたらと思うと……。

「いや、星野、ひょっとして逆なんじゃね？　彼女ができたから余裕なの？」

「ぶほっ！」

思い切りミルクティーを吹き出してしまった。松城、鋭いな。

「もったいないことするなよ」

「汚ねえなぁ」

星野と松城のふたりで言っていることが対照的だった。

「で、やっぱりまじでそうなの？」

「そんなわけないだろ」

俺の彼女はとてもかわいいのだと言ってしまいたい。

しかし、言えない。

このもどかしさに、内心によによするばかりだった。

ほとんど定番化しつつあるやりとりをしながら昼食の時間は過ぎていく。

昼食が終わって星野と松城は部活に行ってしまった。

ひとりになると背中を何者かにつつかれる。学内でこんなことを俺にしそうな人間はひとりしかいなかった。

「ぎゅうちゃんか」

「よく分かったっすね。藤本くんは背中に目があるんすか」

「ねーよ」

もうひとりの可能性は充希さんだけど、充希さんだったらもうすこし肩に近いあたりをつんつんするだろう。身長差の問題である。

ぎゅうちゃんは今日も元気なサイドテール。首から一眼レフ、手にメモ帳、口元に八重歯で、にしし、と笑っている。

「今日も不肖・新聞部の牛久《うしく》が藤本くんに突撃取材であります！」

「ほぼ毎日突撃されているなあ」

「仕方ないっす。真実にたどり着くまで、マスコミは休めないっす」

「その真実はおまえが知りたい真実だろう？　でも、俺はおまえの知りたいようなネタは持っていない」

　これも毎日のやりとりである。

「ふっふっふ。そんなこと言っていいんすか？　今日はマジで生きのいいネタ、用意しちゃったんすよ？」

「どうせただのはったりだろ？　いつものように問いつめられて涙目になる前にさっさと退散しとけ」

「ち、違うっす！　今日のはまじっす！　それと、いつも涙目になったりしてないっす！」

　サイドテールが、ぴこぴこと抗議していた。

「ほう、おもしろい。ではそのネタとやらを聞かせてもらおうか」

　すると、ぎゅうちゃんがちっちゃな身体と胸を張った。

「ふっふっふ。実は……藤本くんの住んでいる場所を突き止めたっす！」

「…………」

「どうっす!?　自分の取材力におそれおののいて声も出ないっすか!?」

　ドヤ顔しているぎゅうちゃんに言ってやった。

「おまえ、一度俺の家のそばまで来てたけど、俺がごまかしたら思いっきり分かんなくなってたじゃねえか!?」

「以前、藤本くんの高度な情報戦にまんまと引っかかって自信が持てなくなっていたんすけど、とうとう確信したっす」

「まあそろそろ気づくよなと思ったけどさ」

「なっ……せっかくいままで内緒にしていたのを暴露したのに、気づいていたんすか!?」

「ふっ……おまえの行動なんてお見通しさ」

ちょっとだけ乗ってあげることにした。

「じ、自分の隠密《おんみつ》行動を見破るとは、藤本くんはやっぱり一筋縄じゃいかないっす」

「ぎゅうちゃんさ、ずっと俺の家を張り込んでんだよね？」

「いいネタを取るためっす！」

「いいネタと言えば聞こえがいいけど、ぎゅうちゃんってさ、あくまでも高校の新聞部。つまり本物のマスコミじゃないよね？」

「……ぐっ」

弱いところを突かれて、ぎゅうちゃんが怯《ひる》む。

そこへすかさず追い打ちをかけた。

「それってさ、ただのストーカーじゃないの？」

「す、すとーかー……」

ここぞとばかりに芝居がかって続ける。

「ほんと、困ってんだよね。毎朝毎朝、ぎゅうちゃんが電柱の陰で張り込んでてさ。俺、結構繊細だから、精神的にも参っちゃってて。そろそろ警察に相談に行こうと思ってたんだよね」

「けけけ、警察――!?」

ぎゅうちゃんの顔色が一変した。

ちょっといじめすぎかなと良心がとがめないでもないのだけど、ぎゅうちゃんの毎朝の張り込みはまじハンパない。何時に家を出てもいるんだもん。

その熱心さに、充希さんがさすがに頭を痛めていた。

俺たちのルームシェアがばれたら大変だというのもあるのだが、充希さんは担任として、毎朝とんでもなく早く家を出ているであろうぎゅうちゃんの健康と家庭環境を心配していたのだ。はた迷惑なストーカーもどきに対して、充希さんは何てやさしいのだろう。まったく俺の彼女は最高だぜ。

「俺の方も星野《ほしの》から聞いたけどさ、ぎゅうちゃんの家ってお金持ちで、ぎゅうちゃんはお嬢様なんでしょ？　高校の新聞部でやりすぎてストーカーになって警察のご厄介になったってなったら、ご両親はどう思うかな……」

「あう……」

ぎゅうちゃん、がくぶるである。

「俺もそんなことはしたくないんだけどさ、勉強が手につかなくなっちゃうくらいに困っていてねぇ」

「ううう～……」

完全に涙目のぎゅうちゃん。ちょっと、お灸《きゅう》が効きすぎたかな？

「まあ、ぎゅうちゃんがこの辺でやめてくれれば俺も大事にはしな――」

突如としてぎゅうちゃんが反転攻勢に出た。

「藤本くんのアパート、隣の部屋が空いたみたいっすよね!?」

「え？　何でそんなこと知ってるの？」

まさか、隣に充希《みつき》さんが住んでいたことがばれているのか――？

「自分のパパの仕事は不動産屋さんっす。実は藤本くんの住んでいるアパートは、パパの管理している物件のひとつっす！」

衝撃の事実、発覚！

これ、満塁逆転ホームランを打たれたんじゃないの!?

「あのー、ちなみに隣に誰が住んでいたかとかは……？」

「知らないっす！」

きっぱり言い切られて、かえって拍子抜けする。

「そうなんだ……」

「当たり前っす！　見ず知らずの人の部屋をあれこれ探るのは犯罪っす！」

どや顔で平たい胸を張るぎゅうちゃん。思わずうれしくなって、ぎゅうちゃんの頭をなでくりまわした。

「偉いぞ、ぎゅうちゃん！　その詰めの甘さこそおまえのキャラだ！」

「ななな、何するっすか！　目が回るっす！　しかも、いまさらっと何か馬鹿にされたっす!?」

「そんなことないっす」

力一杯の頭なで回しを止めてやった。

しかし、まだぎゅうちゃんの攻撃は続いた。

「話を戻すっす。そういうわけで藤本《ふじもと》くんの部屋の隣が空いてるみたいなので、自分がそこに引っ越すっす」

「は？」

「そうすればストーカーにならないっす！」

「待て待て待て待て！」

最悪じゃないか。

ところがぎゅうちゃんは名案を思いついたとばかり、ドヤ顔をしている。

「自分、天才っす！　これならストーカーにならずにごく自然に、登下校ずっと藤本くんに張り付いてることができるっす！」

「あ、あのね、牛久さん。何度も言うけど、どうしてそんなに俺に執着するわけ？」

「執着しているわけじゃないっすけど、前も話したとおり、新入生のクラスメイト紹介シリーズの中で藤本くんだけこれといってぱっとしたネタがないんすよ」

「ほかの奴《やつ》だってそんなに奇抜なネタはなかったよね？」

ハムスターを飼っているとか、けん玉が得意とか、プロゲーマー目指してますとか。あと、ものすごく健全に、女子バスケで中学時代に全国ベスト4になった女子生徒がいたくらいしか記憶にない。

「そうなんすよ。だからこそ、ここらで一発どかんと爆発するものが欲しいんす」

「女子バスケ全国ベスト4で十分素晴らしいと思うよ!?」

「健全なだけじゃ部数は伸びないっす」

ぎゅうちゃんが人の悪い笑顔になっていた。

こんなぎゅうちゃん、見たくない！

「いきなり引っ越すとか言って、ご両親は心配するんじゃないか？」

「パパは少し心配するかもしれないっすけど、自宅から通うより通学時間が短くなるので平気っす」

「いや、たぶん、きっと、絶対心配すると思うよ？　パパから見たらかわいい娘なんだから、心配かけちゃいけないと思うな」

「……そうっすかね？」

「そうだよ。俺がパパだったらむっちゃ心配しちゃうよ。夜も眠れなくなっちゃうよ」

何としても隣の部屋への引っ越しは断念してもらいたいので、情に訴える。

しばらく考えていたぎゅうちゃんがいい笑顔になった。

「藤本くんはいい人っすね。そういう信頼できる人の隣の部屋だと言えば、きっとパパもママも許してくれるっす」

「ちがーう!!」

薄々感じていたけど、この子、世間から大分ずれている。

「何が違うんすか」

「ひとり暮らしの高校生の男女が隣同士だなんて、親御さんが許すわけ……ぐふっ」

「どど、どうしたんすか、藤本くん!? 急に血を吐いて!」

「な、何でもない」

盛大なブーメランが自分に刺さっただけだ。

ひとり暮らしの女性教師と隣同士だけでもやばめだったのに、限りなく普通のお付き合いに近いお付き合い(仮)で、その上いまはルームシェアである。

ぎゅうちゃんにすっぱ抜かれたら、致命傷を超えて即オーバーキルだ。

「とりあえず、自分、パパにメールして隣の部屋を押さえるっす」

「やめて。やめよう。やめた方がいいって」

手を押さえてメールするのを止めようとした俺に、ぎゅうちゃんが不審な目を向けた。

「そこまでこの引っ越しを嫌がるということは、何かあるっす?」

「そ、そんなことないっす」

じとーっとした目でぎゅうちゃんが俺をにらんでいる。

「何か怪しいっす。おいしいネタをやっぱり隠していて、それが引っ越されるとばれるっすね!?」

「そんなことないっすよ!?」

逆ネジが入ったぎゅうちゃんは大喜びで走り去っていった。

ヤバい。

あいつ、本気で引っ越してくるのだろうか。

ぎゅうちゃんは天然な子だけど、嘘《うそ》をつくタイプではない。つまり、引っ越すと言ったら引っ越してくるタイプ……。

激しくマズい。

とにかく、充希さんと緊急会議を開かなければいけない。

ちょうど今日は早めに帰ってくると言っていたし。


そんなことを考えて家に着くと、頭ボサボサに毛玉だらけのスウェットを着た干物系女子モードの充希さんが一心不乱に『スーパー○トⅡ』をやっていた。

「あー……充希、さん?」

背中を丸めてコントローラーと格闘していた充希さんがこちらを振り向く。

充希さんが使っていたキャラがファイヤー波○拳で丸焼けになって死んでいた。

「……あ、おかえり」

語尾が異次元に消えていくしゃべり方も、まごうことなく干物系。

ルームシェアをしてからこの格好の充希さんを見るのは初めてだった。

仕事中は地味教師モードで、部屋着も風呂上がりのパジャマもその延長線だった。

でも、どうやら寝ているときは干物系になっているみたいだというのは、夜中にトイレに起きた充希さんの格好でおぼろげながら知っている。

「えっと、珍しいですね。その格好になるのは寝るときだけだと思ってました。ひょっとして、今日は具合が悪くてもう寝たいとかですか」

俺が鞄《かばん》を置きながらそう話しかけると、充希さんが油の切れたからくり人形のように震えた。

「あ、あ、あ……！」

と、充希さんの顔が朱色に染まっていく。

「どうしたんですか」

「な、何で、何で千里《ちさと》くんは私の寝姿を知っているの!?　夜這《よば》い!?」

「違います！　夜中、トイレに起きた充希さんをたまたま見たんです！」

「夜中のトイレ!?　それはどんなプレイなの!?」

「充希さん、落ち着いて」

しばらくして、何とか話し合いができる程度には冷静さを取り戻した充希さんが、今日、学校で美術の堀内《ほりうち》先生とやりとりした内容を教えてくれた。

充希さんは、一通りの話が終わる頃にはなぜかさめざめと泣いていた。

「ぐすっ、だから干物モードなら、えぐっ、千里くんを刺激させないかと思って、うぐっ……」

要するにそのやりとりを踏まえ、充希さんなりに咀嚼《そしゃく》して、平たく言ってしまえば俺をムラムラさせないために、干物モードで生活することで俺の火山岩を萎えさせようとしたらしい（俺まで火山岩を妙な意味で使ってしまった）。

なるほど、堀内先生の気にしていることはよく分かった。

実に的確な心配だと思った。

実際問題として、悶々《もんもん》とはしてるっす。

何しろ、これまでと違って一緒に暮らしている関係上、接点は段違いに増えている。

風呂、トイレ、洗濯はもちろん、毎晩隣の部屋で充希さんが無防備に寝ているかと思うと本気で大変なのである。

大変になったからといって、充希さんとずっと一緒にいる以上、秘蔵のお宝写真などのお世話になることも、なかなかできない。

堀内先生、伊達《だて》に「趣味は出産、特技は安産」とか言ってるわけではないな。よく分かってるわ。いっそのこと、保健の先生になればいいのに。

「何も泣くことはないじゃないですか」

「だって、ぐずっ、干物な格好は楽だけど自分でもあんまりだと思ってて、へぐっ、こんな格好でずっといたらきっと千里くんに本当に嫌われちゃうんじゃないかと思ったら、〇トⅡも二十連敗して。……うわあああん！」

とうとうマジ泣きになってしまった。

まったく、この人は何てかわいらしいんだ。

「充希《みつき》さん」

「あい？」

鼻声だった。

「とりあえず鼻をかみましょうか」

ち－んとやって充希さんがすっきりする。

「はい」

まだ目が赤いのが子供みたいだ。

「そんなことしなくても大丈夫ですっていうか、あんまり意味がないっていうか」

「？」

「干物モードでも、充希さん、かわいらしいです」

「――へ？」と、充希さんの顔がぼぼぼぼんと真っ赤になった。「ち、千里くん、干物女が性癖!?」

「違います！　干物モードだと、たしかに見た目はアレかもしれませんけど、別に粘膜に覆われた触手がうごめいているわけでもないし、すさまじい悪臭を放つ異形でもないじゃないですか」

「しょ、触手プレイ……？」

充希さんが恐れおののいている。

「だから、そうじゃなくて！　ノーマルモードも、先生モードも、美女モードも、干物モードも、充希さんは充希さんなんです！　充希さんだからみんな大好きなんです！」

思い切り言ってしまった。

超恥ずかしい！

しかし、それだけの威力はあったみたいで、充希さんが爆発寸前になっている。

「ほにゃあああ！　千里くんって何ていい子なの!?　私、こんなに愛されちゃっていいのかしら」

最終的にマタタビを食べた猫のように、充希さんはふにゃけた。

とはいえ、堀内先生の指摘が真実であるように、俺がいま言ったことも真実。欲望の処理なり発散なり昇華なりは肝に銘じておかないといけない。

充希さんも身を挺《てい》して（？）、ふたりの関係を清らかに維持する努力を考えてくれているのだから。

いまのところは蛍光灯のヒモ相手のボクシングと筋トレ、炎の英単語暗記百連発で何とか凌《しの》いでいる。英単語で足りなくなったら数学の難問にチャレンジしよう。

「充希さん、ちょっと俺の方も相談したいことがあるんですけど」

ほにゃほにゃしていた充希さんがふと我に返った。両手を大きく広げて受け入れ態勢は万全。胸が大きくたよんと揺れたのは見なかったことにしよう。

「先生が何でも聞いてあげるよ！　あ、でも、えっちな相談はダメだよ……？」

「しません。さっきのいまですよ？」

「あ、でもこの格好だといつの間にか声が低くなっちゃうから、ちょっと普通の部屋着に着替えてきます」

充希さんがいつものざっくりした部屋着に着替えて戻ってくると、俺は放課後のぎゅうちゃんの爆弾発言を説明した。

「ということで、結構マズいと思うんです」

話し終わると充希さんがいつになく神妙な顔をしていた。

「…………」

すると、充希さんが黙ったまますっくと立ち上がり部屋から出ていく。

どこへ行くのかと思っていると、台所で冷蔵庫を開け、中に冷やしてある缶チューハイを取り出していきなりあおった。

ちなみに缶チューハイといっても、フルーティーな甘いヤツで、アルコールも三パーセントととても低い。家での充希さんは、ビールよりもアルコール分が低くて甘いこの缶チューハイひとつで上機嫌に酔っ払ってしまうのだ。

「み、充希さん!?」

「うう～、大ピンチじゃんっ。思わずお酒飲まずにはいられなくなっちゃったよっ」

再びすんすんと涙目になった充希さんが缶チューハイを片手にぶーたれた。体育座りして甘いお酒をくぴくぴ飲んでいる。

「ど、どうしようかと思ってまして。例えば、充希さんが先に隣の部屋をもう一度借りるとかって、どうですかね」

充希さんが驚愕《きょうがく》の表情で固まった。

大げさに言えば、この世の終わりみたいな顔をしている。

「せっかく、千里くんと一緒にルームシェアしているのに。この世の終わりだ……」

大げさではなかったようだ。

「たしかにそうですよね」

このルームシェアがいちばんの問題ではあるのだが、そこはうまいこと回避したいのは俺も同感だった。

「あ、じゃあ、強制的に事故物件にしてしまおう。事故物件になればあんまり借り手がつかなくなるって聞いたことあるよ」

「……充希さん、事故物件って何のことだか知ってますか？」

「何かこう、車がドカーンとぶつかってきたりすればいいんだよね？」

二階なのにどうやって車がドカーンとぶつかってきたりするのか。そんなことが起こったら死人が出て事故物件にはなるだろうけど、手前にあるこの部屋も無事では済まないだろう。

「そうではなくて、事故物件というのは、その部屋で誰か人が死んだりしないといけないんですよ？」

「すごーい、すごーい。千里くん、物知り～」

と、充希さんが拍手している。

「充希さん、もう酔っ払ってますか」

「にひひ～。酔ってないよぉ～、千里くんはかわいいなぁ～」

完璧に出来上がっていた。

「ものすごく酔っ払っているじゃないですか」

チューハイの缶を手に持ってみるともう空。一気に飲みすぎだ。

「酔ってませんっ。だいたいですね、千里くんが、ぎゅうちゃんに、警察沙汰にするーっなんて言ったのがよくないと、お姉さんは思うんですっ」

「それについては、申し訳ございません……」

充希さんのお怒りは逆ギレに限りなく近いかもしれないが、いま言われた点は痛いところではあった。

「女の子はやさしくしてあげないといけません。でも、クラスメイトに鼻の下を伸ばすのはもっといけませんっっ。千里くんには私という女性がすでにいるんですっ」

「充希さん、ごはん食べないでお酒いきなり飲んだから、酔いが早いんですよ」

うちの親父《おやじ》もそうだったから、何となく分かる。

「うんっ。ごはんを作ろう！　ごはんを食べればいい案も浮かぶかもしれない！」

「簡単なものしかできませんけど、今日は俺が作りますから、充希さんはゆっくりしててください」

「そんなことできないよ！　おいしい手料理で旦那様の胃袋を押さえておかないと浮気されちゃうっておばあちゃんが言ってた」

「充希さん、あなた疲れてるのよ」

「あははー♪　『Xファイル』ネタだ。千里くん、物知り～」

一刻も早く千里さんのお腹《なか》に食べ物を入れよう。これ以上、悪酔いさせてはいけない。

俺がごはんの支度をしていると、充希さんがとてとてと自分の部屋へ歩いていく。

ちょっと休むのだろうか。寝ちゃわないといいけど……。

お米を急いで洗って、炊飯器にかける。解凍してあった豚バラをキャベツと一緒に炒《いた》めて、適当に味付けをして野菜炒めを作った。あと、豆腐の味噌汁《みそしる》。

もうすぐできますよと料理をしながら声をかけると、充希さんが部屋から出てくる気配がした。

「充希さん、大丈夫ですか？　向こうで座っててくださいね」

突然、背後から甘い香りがして柔らかい抱擁が俺を襲ってきた。

「うふふ。千里《ちさと》くん、私だってまだまだ若いでしょ？」

声が妖艶。完全な超絶美人モードだ。

しかし、背後から伸びる充希さんの腕が先ほどの服装と違っている。材質的には、俺の学校の制服によく似ていた。

「み、充希さん？」

身をよじって抱擁から逃れようとすると、充希さんの方から俺を自由にしてくれた。

振り返るとそこには女子高生・御厨《みくりや》充希さんがいた。

メガネを外して絶世の美女となった充希さんがうちの学校の女子の制服を着ている。

しかも夏服だ。

スカートは短く、肉付きのいい太ももを惜しげもなくさらしていた。

わがままな胸の膨らみが制服のシャツを押し上げ、おへそが見えそう。

充希《みつき》さんが髪をかき上げた拍子に、半袖のシャツの奥で脇の下が丸見えになった。

料理を放り投げて筋トレを始めなければ……！

「ふふふ。どう？　きみにいつか見せてあげようと思ってずっと持ってたの。昔より痩せたからウエストの辺りはピンで絞ってあるけど」

しなを作るように腰を曲げて俺を見つめる。三年生の女子の先輩に迫られるような妙な現実感と、成熟した大人の女性の香りとがごちゃ混ぜになっていた。

「みみみ、充希さん」

生唾を飲み込む。頭がクラクラします……。

「――やっぱりダメだぁぁぁ！　二十五歳でこんな格好をするのは憲法で禁じられた拷問だぁぁぁ！」

充希さんが絶叫してメガネをかけ、居間兼俺の部屋へ逃げ込んだ。

「ど、どうしたんですか？」

野菜炒めを持ってあとを追うと、充希さんが「ないわー、ないわー」と呟《つぶや》きながらさめざめと泣いている。俺の部屋で女子高生が泣いているみたいで結構マズい絵面だ。

「私も千里くんと同じ高校出身だから、制服を着れば姉と弟みたいになれるかと思ったけど、どこの夜のお仕事よ……」

「そ、そんなことないと思いますよ。すごく似合ってます」

一瞬、うれしそうな顔になった充希さんだったが、すぐに真っ赤な顔を両手で押さえて首を振った。

「ダメよ、こんな格好っ。私が羞恥のあまり死んでしまう……。で、でも、千里くんが喜んでくれるなら、夜はいつもこの格好で」

「それこそどこの夜のお店ですか」

結局、その日、ただの酔っ払いと化していた充希さんは女子高生の格好のままごはんを食べ、ころころ転がりながら破壊力抜群の甘えん坊モードでじゃれてきた挙げ句、すたすたと自分の部屋に帰って寝てしまった。

ぎゅうちゃん引っ越し事案に対する有効な対処法は思い浮かばなかったけど、いろんな充希さんを見ることができたから、まあいいや。どうせ明日は日曜日でお休みだし。今度はお酒を入れないでちゃんと考えよう。

しかし、翌日、充希さんは二日酔いで死んでいた。

充希さんの部屋から断続的に「あー」とか「うー」とか聞こえてくる。

「充希さーん、生きてますかー」

昼頃になっても充希さんが出てこないので声をかけてみた。

「………………いで――」

「え？」

声が小さくて聞こえない。

「…………………ないで――」

「はい？　充希さん、大丈夫ですか？」

何かを引きずる音がして、そのあとドアノブをゆっくりとがちゃがちゃする音がした。

何事かと思って身構えていると、何度か音がしたあと、ドアがかすかに開いた。

干物姿の充希さんが倒れている。

「充希さーん!?」

「ち、千里くん…………ごめ……頭に響くから……あんまり大きな声出さないで…………」

「あ、ごめんなさい」

さっきからの訴えはこれだったようだ。

冷たい水とスポーツドリンクを用意する。部屋の畳に倒れたままの充希さんは方向転換がうまくいかず、布団に戻れずにうごめいていた。

「うー…………うー…………千里くーん…………」

「充希さん、俺ならここにいますよ」

「たすけて～…………」

「昨夜、あのあとお酒をまた飲んだんですか」

「ごはん前の一缶だけ…………」

充希さん、お酒弱っ。

この状態の充希さんを放ってはおけない。今日はこれから星野《ほしの》と遊ぶ約束があったけど、キャンセルさせてもらおう。

しかし、お酒って怖いものなんだな。

「充希さん、外でたまに飲んで帰ってくるけど、いつもこんなでしたっけ？」

「外だと気が張ってるから………千里くん………布団まで運んで…………」

「はい？」

声がひっくり返った。布団まで運ぶ!?　そのためには充希さんの身体《からだ》に触れなければいけない。

着古したスウェット越しとはいえ、よろしいのでしょうか。

布団まで運ぶには充希さんを持ち上げなければいけないが、それはつまり、お姫様抱っこというやつになるわけであり……。

そして、引っ越してきてから初めて、禁断の充希さん部屋に入ることになるのだ。

助けを求める充希さんを放置できず、俺は意を決して充希さんの身体を抱き上げる。

そうだ、これは充希さんの身体じゃない。灰色のアザラシだ。俺は飼育員だ。飼育員なんだからエロい考えなんて抱かないんだ。

充希さんは相変わらず半死半生。お姫様抱っこされていることにも何の感慨もないみたいだ。

布団に充希さんを横たえる頃には、俺の方が、体力はさておき、精神力がごりごりにすり減っていた。

一部屋になってしまった分、手狭ではあったが、極力、充希さんカラーに染めている。寝るときにいちばん楽な格好は干物系なのに、部屋は主としてピンク系でまとめているのも以前と変わらない。

「お水飲みたい……起こして………」

「はいはい」

お姫様抱っこをクリアしたいま、上体を起こすために腕を回すことなんて苦ではないぜ。だが、肉体的接触に耐性はできたが、充希さんの顔から超至近距離という状況には耐性ができていなかった。

苦しげに息を吐いている小さく開いた口、とろんとなった目つき、熱を感じるほど近くにある頬。

蛍光灯のヒモが俺を呼んでいる——!!

外面的には平静を装いながら、充希さんに冷たい水のコップを渡す。充希さんの白い喉が動いて、水が少しずつ減っていく。

「ありがと………」

「どういたしまして。少しは落ち着きましたか」

「うん。私のことをお姫様抱っこしてた横顔、格好良かったよ」

充希さん、起きていたのか。

格好良かったなんて言われたら、心の中でエロい考えを抱かないようにするために、アザラシを運ぶ飼育員の気持ちでしたなんて言えない。

「いや、その、あの――」

「ふふふ。ご褒美としてキスくらいさせてあげてもいいんだよ?」

理性どころか意識自体が吹っ飛びそうになってしまった。


午後になって、充希さんは大分回復してきた。残りごはんでおかゆを作って、充希さんに食べてもらおう。

「少し食べた方がいいですよ」

「うん」

ちょっと熱いかもしれない。一口すくって何度か息を吹きかけた。これで大丈夫だろうとおかゆをすくったスプーンを充希さんに近づけると、充希さんが赤面していた。

「どうかしました？」

「千里《ちさと》くんって、ときどき大胆だよね」

そう言われて、期せずして「ふーふー、あーん」なことをやっていた自分に気づいた。

「あ、いや、昔、死んだ母さんがこうやってくれたんで、つい――」

「いいお母さんだったんだね」

「……ほとんど忘れてますけど。薄情なものですよね」

おかゆを半分くらい食べると、充希さんはずいぶん顔色も良くなった。

ひとりで寝ているのはつまらないから一緒にいてほしいと言われたけど、この部屋にふたりで一緒にいるのはいろいろと危険な予感がして仕方がない。そこで、充希さんに居間兼俺の部屋に来てもらうことにした。

ふたりで壁にもたれて座りながら、録《と》りためていたバラエティ番組をのんびり見て過ごす。ゲームも少しやったけど、いつもの『スーパー〇トⅡ』は二日酔い明けの充希さんにはついてこられずに断念。そのままだらだら過ごし、夕食はピザを取った。ピザなんて重いものを充希さんが食べられるか心配だったが、おかゆだけでは力が出ないからと懇願されたのだ。

「私、胃腸には自信があるの。傷んでいそうなものの毒見なら任せて」

「傷んでいそうなものは捨てましょう」

届いたピザを、充希さんはおいしそうに食べ始めた。本当にお腹《なか》が空《す》いていたようだ。

さすがに炭酸飲料は控えている。

ピザを食べながら充希さんが柔らかく微笑《ほほえ》んだ。

「千里くん、私、いま幸せだよ」

飾らない言葉がとてもうれしい。

「俺もですよ」

充希さんがさらに一切れピザを取ろうとして、手を下ろした。

「私は、幸せなんだ……。でも、千里くんは本当に幸せ？」

「もちろんです。そう言ったじゃないですか」

充希さんが少し肩を落としたように見えた。

「麻美《まみ》が言ってたんだけど、十代の頃の恋愛って刺激を求めるものだって。かわいくて他人に自慢したくなる彼女がいいし、男の子に合わせてくれる女の子が欲しい。それに恋愛と結婚は違う。恋愛で何度か女の子の考え方を勉強して結婚するのが普通だって」

「まあ、そういう意見もあるでしょうけど」

「ドラマみたいとは言わないけど、千里くんだってマンガのラブコメみたいな恋愛に憧れる時期じゃない？」

「うーん」

「クローゼットの上の方に隠してある――」

「わーわーわ――――っ！」

なぜ秘蔵お宝系マンガなどの隠し場所がバレた!?

「女教師ものがあったのは反応に困った……」

「お願いします忘れてくださいこの通りです」

飛び退《の》いて土下座した。

充希《みつき》さんは咳払《せきばら》いをして話を戻した。

「私、どっちかっていったらインドア派で、休みの日なんて一歩も外に出なくても平気。原宿とか渋谷とかで楽しくデートなんて――したくないことはないけど――翌日に響くんじゃないかと思って尻込みしちゃう。彼女がいるって友達に言いふらしたくてもこの関係は秘密だし、秘密じゃなかったとしても私の方が十歳も年上なんてやっぱりおかしいよね」

「おかしいなんて思ったことないですよ。それに俺だってインドア派です」

充希さんがため息をついた。

「私は高校の先生だよ？　女子高生たちの若さと会話をいつも目の当たりにしている。彼女たちは元気だし、かわいいし、怖いものなしだし、残酷。彼女たちの会話では、二十歳はすでにおばさん。二十五歳の私なんか、おばあさん呼ばわりされてた……」

「そいつらだけですって」誰だ、うちの充希さんを不安にさせた奴《やつ》は。

「前にマジ卍《まんじ》の話をしたあと、私なりにがんばったけど、彼女たちのギャル語の会話、やっぱり何言ってるのか分かんないんだもんっ」

「ギャル語なんて俺にだって分かりませんよ。でも、『しゃもじ』とか、『おじや』とか、『ひもじい』とか、充希さんだって意味分かるでしょ？」

「うん」

「ぜんぶ室町時代の女房詞《にょうぼうことば》、昔のギャル語ですよ!?」

充希さんが驚いている。俺も調べてびっくりしたけど、事実である。

「千里くんは物知りだね。そんなところも好き。でも、だから不安になっちゃうの。私はきみの期待に応えられている？」

充希さんの瞳が揺れている。見ているだけでつらくなってくる。俺は深呼吸をした。

「最初に充希さんが言ってたこと、堀内《ほりうち》先生が言っていたってこと、刺激を求めるとか他人に自慢したくなるとかって、俺にとっては充希さんは最高に刺激的で自慢の彼女ですよ。俺、女の人とお付き合いするのは初めてだから、たしかに女性に対する接し方みたいなものはよく分かりません。それが充希さんを不安にさせちゃってるんですか？」

充希さんは何度も大きく首を横に振った。

「牛久《うしく》さんのことだって、私が千里くんにとって普通の彼女だったら、こんなにこじれなかった。新聞部に書かれてもしばらく冷やかされるだけですむ。でも、私は先生だし、仕事をしなければごはんも食べていけない。いったん私がここから出ていくのが多分いちばんいいとは分かってるのよ？　それなのに私はどうしてもきみと一緒にいられる時間と場所を諦められない」

それは俺も同じだ。

「諦めるなんて、そんなことしなくていいじゃないですか」

感情的になって充希さんが涙をこぼした。

「自分でも何だか分からなくなるの。幸せすぎて怖いっていうか」

「充希さん……」

「千里くんは私にとっても刺激的な彼だよ。でも、私はもう二十五歳。将来のことも考える。思いつきで男の子を好きになったりしない。結婚して子供も欲しいって考える。でも、千里くんはまだ若くて」

若い――その一言がいまは厳しく俺を裁くようだった。

「頼りないってことですか――？」

それは、本能的に、男としていちばんつらい一言。

充希さんはまた激しく首を何度も振った。

ふた切れ残ったピザは、すっかり冷たくなってしまった。

翌日、気まずい空気のまま家を出た。

若い――。仕方ないじゃないか。

俺だってできることなら充希さんと近い年齢で、できれば同い年か少し上の年齢で生まれてきたかったさ。でも、十年遅く生まれちゃったんだからしょうがないじゃないか。

入学式の日の、充希さんのプロポーズから始まったこの関係、ではない。俺はきっとその前から充希さんが好きだったのだ。だから、あんなむちゃくちゃなプロポーズを受け入れたのだ。

充希さんの幸せを考えれば、やっぱり俺じゃダメなのか。

充希さんは大人だ。社会的にも生物的にも結婚して子供を産んで家庭を持って何らおかしくない。俺が結婚できる年齢まで待つということは、それだけ充希さんの若さを逆に奪うことにもなるのだ。

それと、お金の問題だ。

充希さんは軽く触れただけだったが、俺は学生で生活の糧を稼いでいない。かたや、充希さんは働いてお金を稼いでいる。実家からの仕送りで家賃含めて学生生活は回しているけど、なんとなくヒモめいていることに内心すっきりしないでいた。

収入のない学生でも、彼女と付き合うことはできる。デート代はお小遣いとバイトで何とかすればいい。

しかし、結婚を本気で考えるなら、男子たるもの収入を確保しないといけないと思う。長い人生、けがや病気で働けなくなることもあるかもしれない。でも、いきなり無収入で深い関係になったり結婚を云々《うんぬん》したりするべきではないと思うのだ。

古い考えかもしれないけど、これはあまり好きでもない親父《おやじ》が、俺に叩《たた》きこんだ教えの中で唯一すんなりと腑《ふ》に落ち、いまとなってはありがたいと思っているものだった。

ぶっちゃけ、高校生という無収入な存在であることが、俺にとっては充希さんとルームシェアをしながらも一線を越えないための歯止めになっていることは確かだった。

充希さんが望むなら、高校をやめて働いてもいい。

だけど、その選択肢を選んでも充希さんが喜んでくれるとは到底思えないのだ。

学校に着くとさっそくサイドテールの一眼レフ少女がやってくる。

「お、藤本《ふじもと》くん、今日は暗いお顔ですが何かあったなら取材させて――へぶるっ」

メモ帳を手にしたぎゅうちゃんの頭をがっしりと上から押さえた。

「悪いな。今日はおまえに付き合ってやれる余裕がないんだ」

今日は地学はないからホームルーム以外では充希さんに学校で会うことはないはずだ。

黙って授業に専念していよう。

◇◆◇◆◇◆◇◆

お昼休みに美術準備室で麻美とごはんを食べながら、昨日の千里くんとの口げんかについて相談した。十分ほど黙って聞いていた麻美が、私を指さして断言する。

「充希が悪い」

麻美はお弁当をとっくに食べ終わっていた。

「ですよねぇ……」

私のわがままだと分かっていたけど、正面切って言い切られるとしょんぼりしてしまう。

コンビニの焼きそばパンが喉に詰まった。

わがまま、という言葉は、言い訳させてもらえば少しだけ違う。

そもそも答えなんて求めていないのだ。

私が欲しかったのは心の安定で、それは何らかのアドバイスによって得られるものではない。黙って聞いていてくれればそれでよかった。ちょうど、麻美がそうしてくれているように。

「あのね、充希。もし仮によ？　充希が十五歳、彼が二十五歳だったとして、彼の悩みを理解しきれると思う？」

「――無理です」

「でしょぉ!? そんなもの無理なのよ! 無理無理無理無理。絶対無理。なのに、うちの亭主は俺の苦労を分かってないとかいつも文句ばっかり言って。あたしだって働いて子供育てて疲れてるんだっちゅーの」

旦那さんの方が十歳年上、というのは、麻美夫婦のケースだった。

「そういうときどうするの?」

「うちは普通にケンカする。お互いに言いたいことを言う」

「それで気まずくならない?」

ちょうど、いまの私と千里くんのように。

「それはないね。そのあと熱烈な夜の営みで仲直り」

「ははは。仲良しさんだね」

三人目のご懐妊も近いことだろう。

私の場合、麻美のようなまねはしたくてもできない。犯罪、ダメ、ゼッタイ。

「性別が違って年齢がそれだけ違っていれば、理解できないで当たり前。でも、基本、年上の方が歩み寄るべきだと思うよ」

「やっぱりそうだよね――。ちゃんと謝ろう」

焼きそばパンの端のところをもせもせと食べて、冷たいウーロン茶で流し込む。

「そうはいっても、充希は偉いと思うよ」

「え？」

急に褒められたみたいでびっくりする。私の驚きを肯定するように、麻美《まみ》が苦笑いした。

「だって男ってさ、すぐに『それで？』とか、『要するに？』とか、『結論は？』みたいなことを聞いてくるでしょ。それにこっちはただ愚痴を聞いてほしいだけなのに、何かアドバイスというか答えを探そうとするじゃない？」

「麻美のところもそうなの？」

「まあ、うちの亭主はさすがにいい年だから、女性に対してそれではいけないと多少は分かっているみたいだけど、それでもたまにそういうことはある。だったら、充希のダーリンなんかはしょっちゅうなんじゃない？」

「……うん。──悪気はないって分かってるんだけど」

「そうだよね。それはちゃんと言った方がいいと思うよ。彼は単純に分かってないだけなんだから。で、あとはこれから、着る物も食べる物も、昼も夜も、充希色に染め上げていく楽しみに免じて、大目に見てあげなさい」

「わ、私色だなんて──」

麻美のあけすけな言い方にどぎまぎする。ちょっと想像しちゃう。

「目指せ、逆『源氏物語』！」

「そんなのじゃないよ」

十二単《じゅうにひとえ》を着た千里《ちさと》くんに手取り足取りいろいろ教えちゃう源氏の君な私。ちょっと妄想しちゃう。

「女子生徒の引っ越しについては悩ましいけど、正攻法で止めるやり方があたしにも思い浮かばないわ」

「そうだよね……」

麻美がそう言うならそうなのだろう。彼女の方が頭の回転は速いのだから。そしていまの私の頭の中はすっかり平安時代になってしまっている。

お昼休みはまだあるが、そろそろ美術準備室をお暇《いとま》して地学準備室に戻ろう。五時間目の授業に備えなければいけない。私は真面目な先生なのだ。決して妄想から頭を冷やす時間が欲しいのではない。麻美も職員室に用があるということで、ついてきた。

購買部のそばを通って奥の階段を利用する。生徒はあまり使わないが、地学準備室にいちばん近いのだ。職員室にもこちらからの方が近い。

すると、階段のところで私の紫の上、もとい千里くんと、例の新聞部の牛久さんが話をしていた。

「あのさ、ぎゅうちゃん、何でそんなに俺につきまとうわけ？　今日、俺、気持ち的に余裕ないって言ったよね？」

「失礼な！　自分は、藤本くんの全身から発せられるスクープの匂いに本能的に惹《ひ》かれているだけっす！」

あの子、変態!?

「おまえ、変態か」

千里くんも同じことを言っている。さすが私の千里くん。それから、千里くんの匂いをくんくんしていいのは私だけです。

「変態じゃないっす！　じゃーなりすとの使命に燃えているだけっす！」

「そのまま焼け死ね」

千里くん、すごい言い返しをしている。

牛久さんは千里くん相手に怒ったような顔になったり、明るく笑った顔になったり、自分の感情の赴くままに振る舞っている。

千里くんも、適当にやり過ごしながら、ときどき笑っている。

遠目で見ていれば、教師として微笑《ほほえ》ましく思うべきなのだろう。

でも、どうしてだろう。

ふたりの姿を見ていたら、ちょっと胸が痛い。

どうして私、千里くんより十歳年上で生まれちゃったのかな。

私だって、千里くんと同い年に生まれていれば、クラスメイトになって、あんなふうに千里くんとおしゃべりできたのかな。

ひょっとしたら、クラスの隅っこで千里くんを見つめて憧れているだけだったかもしれない。

けど、クラスメイトなら、いつも同じ空気を吸って、同じ世界を見ていられる。

女子高生の頃の自分が、牛久《うしく》さんの代わりに千里くんとおしゃべりしている姿を想像する――。

ちょっと緊張気味の私に、千里くんが屈託ない笑顔で話しかける。

まさにいま、千里くんがあの少女にそんな笑顔を向けていた。

それは、いくらお金を払っても、どんなに権力を手に入れたとしても、実現することができない幻。

私を深い深い闇に落としていく危険な虚像。

贅沢《ぜいたく》なのは分かっている。

しかし、私は牛久さんのように同い年のクラスメイトとして彼の隣に立つことはできないのに、あのサイドテールのかわいらしい少女はいとも簡単にその立場にいる。

それが、どれほど幸運なことなのかも知らないくせに――。

さっきまで謝ろうと思っていたのに、こんな姿を見たら気持ちが抑えられないよ。

気がついたときには、私は千里くんだけを見て歩いていた。

後ろで麻美の声がしたけど、よく聞こえない。

「あ、御厨《みくりや》先生」

千里くんが私を「先生」として呼んだ。

しかし、私は違った答えをした。

そのまま千里くんと牛久さんの間に割って入る。

「先生、どうしたんすか？」と、牛久さんがきょとんとしていた。

私は何も答えないで、千里くんと腕を組み、胸に押し当てながら言った。

「私たちふたり、一緒に暮らしていますから」

その瞬間、世界が止まった。

牛久さんが何も言わずにペンを落とした。

耳まで熱くて千里くんの顔が見られない。

「あーあ、馬鹿なことやっちゃった」

と、麻美のため息がすぐ後ろで聞こえた。

私は自分で最悪の選択をしてしまったことに、今さらながら気づいた。

他の生徒や先生がいなかったことが、不幸中の幸いだった。

◇◆◇◆◇◆◇◆

昼休みの終わり頃、いつもの密着取材でつきまとっていたぎゅうちゃんに対して、充希《みつき》さんが突然の「同棲宣言《どうせい》」をしてしまった。

何と言いくるめたか、まったく覚えていない。

ルームシェアとか家庭の事情とか死んだじいちゃんの遺言とかマシンガンのように言いまくった記憶だけが残っている。何とか強引に押し切ったつもり。ちなみに、俺のじいちゃんはまだ生きている。

たまたま一緒にいた美術の堀内《ほりうち》先生が最終的にはぎゅうちゃんを連行していったので、結論的に解決したのか、いまいち確証が持てないでいた。

ただ、そのあと、ぎゅうちゃんの密着取材なるものがなくなった。

あれだけ決定的なことを言ってしまったのだ。ただではすまないかもしれない。

充希さんとちゃんと話をしたかったのだが、放課後、堀内先生に「いまはじたばた動かない方がいいよ。悪くしないから、今日は帰りなさい」と言われて家に戻った。形ばかりの美術部の俺だけど、堀内先生の方ではしっかり認識していてくれたみたいだ。充希さんの親友だから当然かもしれないけど、とてもありがたかった。

そういうわけで家に帰って宿題を終わらせ、やることもないのでカレーを作って待っていると、充希さんが帰ってきた。

「ただいまー……」

迷子になっていた仔犬《こいぬ》のようだった。

「お帰りなさい。ちょっとお話があります」

「はい……さっきはごめんなさい」

「少し長くなるかもしれませんから、先にシャワーを浴びて着替えちゃってください」

「はい……」

シャワーでさっぱりした充希さんのまえに、カレーライスを置く。充希さんが不思議そうに俺の顔を見た。

「ごはんを食べながら話しましょう」

「はい……」

「らっきょうと福神漬けはつけますか」

「福神漬けだけお願いします……」

ふたりで手を合わせていただきますを言い、カレーライスを食べ始める。

「……………」

「……………」

しばし無言で食べる。

「辛さ、大丈夫ですか？」

「とっても、ぐすっ、おいひいです、ぐすっ――」

充希さんがぐずり始めた。

しかし、今回は言わなければいけない。

俺はカレーライスを食べながら、前置きとしてため息をついた。

「さすがに、あれはマズいでしょ」

「はい……。千里くん、怒ってるよね？」

「当たり前です」

充希さんがさらに小さくなった。

「はい……」

充希さんが落ち着くのを待って、質問する。

「あのあと、俺の方は特に何もなかったですけど、充希さんの方は大丈夫だったんですか？」

「うん。何もなかった。五時間目の授業中に何にもないところで転んだだけ」

「痛くなかったですか」

うん、と頷《うなず》いて、充希さんがカレーライスを食べた。

「あのね、私ね、千里くんがあのあと、牛久さんに捕まってまた根掘り葉掘り聞かれてつらい思いをさせちゃったんじゃないかって。千里くんが一生懸命、牛久さんの追及をかわしてくれていたのに、台無しにしちゃって、ごめんなさい」

俺が予想していたのとは全然違うところで充希さんはあれこれ心配していたらしい。

まったく――。

俺は空になっている充希さんのコップに麦茶を注いだ。

この人は、いや、俺たちは、互いに互いのことを心配しているのに、不器用に足を引っ張り合ってしまっていたのだ。

「でも、充希さん、今日のはマズすぎですよ。あれでふたりのことはもとより、充希さんが学校にいられなくなったりしたらどうするつもりだったんですか」

「それは――頭では分かってた」

充希さんがちょっと眉をひそめた。

「頭では？　俺たちの関係がバレたら大変なことになるのも、頭でしか理解していないでプロポーズしてきたというんですか」

「そんな言い方しなくてもいいじゃない。頭で分かってたって、気持ちがついていかないことだってあるんだよ！」

充希さんが苦しそうな顔をした。

「…………」

「千里くんだって、私が何度も言ってるのに牛久さんと楽しそうにおしゃべりしてるじゃない!?」

「あいつが勝手に絡んできただけで、取材から逃げ回ってんですよ」

「『あいつ』？　随分仲がいいのね。お姉さんのGカップより、将来未知数のAカップの方がいいの!?」

「何でそうなるの!?」

売り言葉に買い言葉の勢いで充希さんがスパークしていく。

「取材取材って言えばいつもいちゃいちゃしているのが許されるの!?　学校は勉強するところだよ!?　たるんでるんじゃないの!?」

「いちゃいちゃなんてしてません！」

結局、この日、俺は昨日のことを謝るどころか、むしろぎくしゃくしてしまっただけだった。

翌朝、目を覚ますと充希さんが真剣な顔で俺を覗《のぞ》き込んでいた。

「うわあああ！」

びっくりして飛び起きる。

いつもの朝の儀式に似ているが、充希さんの様子が違う。

いつもなら、寝起きドッキリのまねをしながらいたずら心たっぷりに起こしてくれるのに、ただ黙って俺が起きるのを待っていたのだ。

「おはよう、千里《ちさと》くん」

充希さんが笑顔で言う。

「おはようございます」

「ふふふ。相変わらず千里くんはかわいいなぁ。ほっぺをはむはむしたくなっちゃう」

「やめてくださいね」

表面上、いつもと変わらないやりとり。

しかし、微妙な溝ができている。

ずっと一緒にいたからこそ分かる、髪の毛一本ほどのかすかな空気の違い。

外を確認したら、今日はぎゅうちゃんの張り込みはなかった。

充希さんが先に家を出て、俺も学校へ行く。

下駄箱《げたばこ》で星野《ほしの》と会った。朝練があったのか、ユニフォーム姿だった。

「おはよう。朝練？」

「おう、おはよう、藤本《ふじもと》。朝練、朝練。あちーよ」

上履きに履き替える。星野も着替えるために上履きに履き替えたが、不意に俺の顔をじっくり見つめてきた。

「何だよ」

「藤本、何かあった？」

「え？　何もないよ」

笑ってごまかす。

「そうかぁ？　何かいつもより浮かない顔してる感じがするけど」

何気ない一言が効く。

友達には俺以上に俺がよく見えるのかもしれない。

だけど、「友達」と呼ぶことにかすかな違和感を覚えた。

充希さんとうまくいっているときには「俺にはおまえたちと違って彼女がいるんだ」と高みから見下ろすようにしていたくせに、自分がつらいときには「友達なんだなあ」と勝手に思っている。

俺は——嫌な奴《やつ》だ。

教室に行っても、ぎゅうちゃんがいつものように俺のところに飛んでこない。

ホームルームになって充希さんが教室へやってきた。

いつも変わらない地味教師モード。ぼそぼそとしゃべっている。いつも通りだ。

しかし、松城《まつしろ》が俺をつついた。

「今日の御厨《みくりや》先生、何かいつもと違わね?」

どきりとした。しかし、動揺を表に出さないようにしながら尋ねた。

「何?」

「どう違うの?」

「なんか、暗い? いや、いつも暗いといえば暗いんだけど、今日は何か明らかに心に傷を負っている暗さ」

さすがに松城は美術部だと思った。普通の人ならいつも通りとしか思わない地味な女性教師の違和感に勘づいている。

午前中の授業はほとんど頭に入らなかった。

星野や松城の言葉を心の中で何度も反芻《はんすう》しながら、結局のところ、充希《みつき》さんのことばかり考えていた。

心に浮かぶ充希さんはすねて、甘えて、びっくりして——何より笑っている。

「よし——」

昼休みの終わり、俺は意を決してLINEを送った。


放課後の屋上は風が強かった。

校庭を見下ろせば運動部が活動しているのがよく見える。これだけ離れているのに、野球部員の中で星野が走っているのが分かるのが少し不思議な気持ちがした。

吹奏楽部や軽音楽部の音合わせが聞こえる。

いま、屋上には俺しかいない。

俺はここで人を待っているのだ。昼休みの終わりにLINEで呼び出し、来てくれるという言質は取ってある。

そろそろかなと屋上の入り口の方を振り返ると、風に押された鉄扉がゆっくりと開くところだった。

重い扉を押し開けて屋上にやってきた人物に、俺は声をかけた。

「来てくれて、ありがとう」

強い風に目を細め、サイドテールをなぶられるようにして、いつもの一眼レフを持ったぎゅうちゃんが屋上に立っていた。

「取材対象者にＬＩＮＥで呼び出されたのは初めてっす」

ぎゅうちゃんも俺に対してぎこちない。

「そうだろうな」

「で、話って何すか？」

「あー……おまえさ、本当に引っ越してくるの？」

ぎゅうちゃんが来るまで、俺なりにシミュレーションはしたのだ。

どんな段取りで話そうか、軽い世間話から入ろう、きっとこう返してくるだろうからそのときはこう言い返して説得しよう、それでダメならこんなふうに語りかければいいと、ずいぶん空想していたが、実際にはド直球になっていた。

「えっとっすね、その件は……」

俺の予想ではここで「そうっすよ」と答えてくるはずだったのだが、思いの外、歯切れが悪い。

「何だ、ずいぶんトーンダウンしてるじゃん」

「いやぁ、そんなことないっすよ？　あはは、あははは」

「露骨に怪しいじゃねえか」

目も合わそうとしない。乾いた笑い声をあげて及び腰になっている。

俺がさらに詳しく問い詰めようとしたとき、屋上の入り口の扉がまた重い音を立てた。

風に白衣がなびく。

充希さんだった。

俺がＬＩＮＥで呼び出したのはぎゅうちゃんだけではない。充希さんのことも呼び出したのだった。

充希さんは俺たちを見つけると明らかに顔をこわばらせた。

それはぎゅうちゃんも同じで、表情が険しくなっている。

「――ふたりとも、屋上で遊んでたら危ないですよ」

低い声の充希さん。しかしそれは、地味教師モードの声というより、俺とふたりでいるときの充希さんの声を無理やり低くしたようなトーンだった。

こんな充希さんの声を聞きたくて、俺は一緒にいるのではない――。

ぎゅうちゃんが適当に返事をすると、充希さんはそのまま帰ってしまいそうになる。


「待ってください、御厨先生――いや、充希さん」


俺に名を呼ばれた充希さんが驚いて振り向く。もみ上げの髪が風に揺れていた。

不安そうな目をした充希さんをまっすぐ見つめ、俺は彼女に向かって歩いていく。

「藤本、くん――？」

俺のことを名字で呼んでいた。
しかし、その声を聞いたとき、俺は自分のしようとしていることの成功を確信した。
なぜならその声は先生の声ではなくて、〝充希さん〟の声だったから。
小さく口を開けて見上げる充希さんに俺は微笑《ほほえ》み、ぎゅうちゃんを振り返った。
そして俺は、充希さんの肩を抱き寄せた。
「俺たち、付き合ってるから」
充希さんが俺の顔を見上げた。その目にみるみる透明な液体がたまる。
玉のように膨らんだ涙が、充希さんの柔らかい頬を流れ落ちた。
「ダメ、千里くん。秘密にしなきゃって、あれほど……」
俺は首を横に振った。
これ以上、自分の大切な人を苦しめるくらいなら、俺はすべてをバラす。
学校新聞に書かれてもかまわない。
そのせいで俺がこの学校をやめることになってもかまわない。
充希さんが昨日、あんなことを言ってしまうほど気持ちが溢《あふ》れているのに、冷めた顔で隠し通せる男では、充希さんの隣にいてはいけないのだ。

「ぎゅうちゃん、俺と充希さんはいま訳あってルームシェアしている。おまえが俺の様子を知りたくて隣の部屋に引っ越してくるなら、それも止めない。でも、俺は充希さんが好きだ。最終的におまえがどんな記事にしたいのか分からないけど、それに俺はまだ学生で何にもないけど、充希さんを傷つけるなら、俺は女子のおまえでも容赦しない」

飛行機の音がする。

部活の声がここまで聞こえた。

テニス部がボールを打つ音がしている。

吹奏楽部が演奏を始めた。

俺は充希さんの肩を抱いたままぎゅうちゃんを見据えている。

すると――なぜかぎゅうちゃんが震え始めた。

「ききき、記事？　ふふふ、藤本くんの秘密？　何のことっすか？　あは、あははは」

「……ぎゅうちゃん、さっきからおまえ変だけど――いや、まあ、変なのはいつもなんだけど――どうしたんだ？」

怪訝《けげん》な思いで問いかけると、ぎゅうちゃんが俺の目の前にやってきて腰を直角に曲げた。

「いえ！　自分の方こそ大変失礼しましたっす！」

「ぎゅうちゃん？」

「もう金輪際、天地神明に誓って、おふたりのことは記事にしたりしないっす！　他言無用ってやつっす!!」

「お、おう。記事にしないで黙っててくれるなら、とてもうれしいけど」

俺がそう言うとぎゅうちゃんが最敬礼から直り、ひざまずいて手を組んで懇願した。

「ですから、命ばかりはお助けをっすぅぅ!!」

「ど、どうしたの？」と手を伸ばすが、ぎゅうちゃんはおびえた小動物のように、「ひいぃぃぃぃ!!」と涙目で震えている。

「牛久《うしく》さん、どうかしたのかな？」

「さあ？」

俺と充希さんが首をひねっていると、背後でまたドアが開く音がした。堀内《ほりうち》先生だった。

「麻美《まみ》！　どうしてここに？」

「牛久さんに相談されて来たのよ」

「相談？」

するとと堀内先生は充希さんには答えず、おびえているぎゅうちゃんに話しかけた。

「ね？　言った通りだったでしょ？」

「はい！　堀内先生のおっしゃった通り、本当に付き合ってるって公言してきましたっす！　そのうえ、女の自分でも容赦しないって言われたっす！」

「怖かったでしょ～」

「怖かったっす～」

ぎゅうちゃんが堀内先生の背後に隠れる。

「あの、堀内先生、話が見えないんですけど……？」

堀内先生にぎゅうちゃんが訴えた。

「ということは、堀内先生のおっしゃった通り、藤本《ふじもと》くんは手当たり次第自分の女にしてしまい、悪鬼羅刹《あっきらせつ》極悪非道な中学時代だったというのも本当のことなんっすね」

「待て待て待て！」

何かものすごいこと言われてないか？

強く抗議しようとした俺を、堀内先生が訳ありそうなアヤシイ微笑みで制した。

「そうなのよ～。藤本くんは中学時代に生徒会の副会長までやったんだけど、表面的にはいい子ぶっていて、裏ではとんでもない暴れん坊だったのよ～」

俺自身のことなのに俺が初耳だ！

「ケンカ暴力日常茶飯事。女の子もとっかえひっかえのやばい人だったんすよね!?　高校から入った自分、知らなかったっす！　危うく虎の尾を踏むところだったっす！」

ふたりの話を聞いて、充希さんが戦慄していた。

「千里《ちさと》くん、そんな中学生だったの……?」

「違います!」

堀内先生が楽しげに続ける。

「みんなにとっても藤本くんは触れたらヤバい人、殺される人として絶対恐怖の対象だからね～。怖くて黙っているのよ。日本には忍者がいるけど外国人には黙っているのと同じこと。ねー、藤本くん?」

堀内先生が一枚の写真を取り出した。

何事かと覗《のぞ》き込むと、そこには俺と微笑む充希さんが写っていたのだが――。

「な、何じゃこりゃあああ!?」

そこにはあろうことか、俺が大真面目な顔で充希さんの胸を揉《も》みしだいている場面が激写されていたのだ。

「ちち、千里くん!?　いつ私のおっぱいをこんなに乱暴に揉んでたの!?」

胸をかばうように両腕で自分を抱きしめる充希さん。目が涙目だった。

「待って、充希さん。それ、おかしいから」

俺にだってそんな記憶はないもの!　こんなおいしい、もとい、こんなけしからん真似《まね》をしたことなんて、天地神明に誓って、ない。

もう一度、写真に目を落とす。

うーん。見れば見るほど、俺が充希《みつき》さんのメロンみたいな胸をむんずと掴《つか》んでいる。うらやま……げふんげふん。

しかし、この写真、どっかおかしいんだよな。

胸を強引に揉まれているはずの充希さんが、何で笑っているんだ？

それに、この俺の顔。胸を揉むという思春期男子にとっての一大イベントを、何でこんな険しい顔で行っているんだ？

うん？　この俺の顔、どっかで見たことがあるぞ。

自分の顔なのだから鏡があればどこでも見られるのだが、そういう意味ではない。

この表情を、俺は割と最近、見たことがある。

必死になって記憶をたどっていると、そばでぎゅうちゃんが戦慄を深めていた。

「こここ、こんな物証があるのにまだシラを切るっすか！　なんてぎょくあく非道な人なんすか……！」

恐怖でかみまくるぎゅうちゃんに、堀内先生が慈母のように微笑んで尋ねた。

「牛久さん、ちゃんと誓約書は持ってきた？」

「誓約書？――あっ」

誓約書とは何かと聞き返そうとしたとき、不意にこのスキャンダル写真の自分の顔の心当たりが閃《ひらめ》いた。

これ、俺が万引き保坂《ほさか》を捕まえたときの顔だ。

そうと分かって改めて見てみると腕の角度もおかしい。手も、充希さんの大きな胸に比べて、開き方が小さい。この開き方で摑めるのはそれこそ肩ぐらい。

――堀内先生、やったな？

俺がそんな思いを込めて堀内先生の顔を見ると、軽くウインクされた。

「最近の美術の先生って、フォトショップとかも扱えるのよ？」

「……マジかよ」

「どしたの？」と、充希さんが俺と堀内先生を交互に見ている。

要はこういうことだ。

ぎゅうちゃんが俺たちのことを記事にすることをやめさせるための説得材料として、俺が充希さんの胸を強引に揉んでいる写真を、先日の万引き騒動のときのぎゅうちゃんの動画から加工して作ったのだ。

充希さんの顔写真は、友達なのだからいくらでも手元にあっただろう。

何だかんだいってぎゅうちゃんは根はいい奴《やつ》だ。充希さんの爆弾発言でやっぱりぎゅうちゃんも動転したのだろう。こんなやっつけ仕事的な加工画像でも信じてしまった。

さすが、ぎゅうちゃん。その詰めの甘さが素敵。

だけど……俺の扱い、ひどくない？

ぎゅうちゃんが震える手で一枚の紙を取り出していた。

「もう金輪際、何があっても藤本くんのことはネタにしないという誓約書っす。ご査収いただきたいっす」

なるほどね。

堀内先生は俺をやばい人としてぎゅうちゃんにすり込むことで、ぎゅうちゃんが俺のことをネタにする気力を奪おうという作戦らしい。

それにしてもあんまりだ。俺は一生懸命生きてきただけなのに。

内心、涙が流れそうだったけど、堀内先生がにっこり笑って、

「誓約書まで出したのだから、許してあげたら？　ね？」

と、念押ししてきた。

充希さんと俺の関係よりも、この人の存在の方がよっぽど問題な気がしてきた。

しかし——ここまでお膳立てをされた以上、やってやろうじゃねえか。

「堀内先生、バラしちゃったかぁ。先生にだけは俺も頭上がんないからなぁ。誓約書は受け取っておきますよ」

「ありがたき幸せっす」

「というわけだから、ぎゅうちゃん、高校のことも中学のことも、俺のことを記事にしよ

うとしたら」

そこでわざと言葉を切ってぎゅうちゃんの反応を楽しむ。

「き、記事にしようとしたら……?」

と、震えるぎゅうちゃんに、俺は口の端をにゅーっとつり上げた。

「そんなことしたら、お嫁に行けなくなるよ」

「ひぃぃぃぃ!!」

両目をぐるぐる回して逃げだそうとするぎゅうちゃんの襟首を摑んで確認する。

「もう一度聞くけどさ、俺のアパートの隣に引っ越してくるっていうのは」

「しません、しません！　絶対にしないっす!!」

襟を放してやると、ぎゅうちゃんが恐慌をきたしたように屋上から逃げていった。

ぎゅうちゃんの足音がばたばたと遠ざかっていく。

しばらくして部活の賑《にぎ》やかさが耳に帰ってきた。

「で、いつまで充希の肩を抱きしめているのかな、藤本くん?」

弾《はじ》かれるように充希さんを放す。充希さんが真っ赤になってもじもじしていた。俺も耳が熱い。

充希さんが恥ずかしさをごまかすためにさっきの写真の説明を求め、堀内先生がネタばらしをした。俺が思っていたとおりの内容だった。

「麻美、何てやり方をしたの……」

「正攻法じゃ無理って宣言しといたでしょ？　あのときには準備してあったの。間に合って良かったわ」

　あきれかえる充希さんに、堀内先生が一枚の紙を見せた。

「これは……？」

「賃貸契約書よ。藤本くんの部屋の隣。牛久さんからもらったのよ」

　充希さんがほっとした顔になった。

「麻美、ありがとう」

　と言って充希さんが契約書に手を伸ばすと、堀内先生が意地悪な笑みで取り上げた。

「堀内先生？」

「あの子からこれを取り上げたんだけど、どうしようかなあ」

「牛久さんは引っ越しを断念したけど、うちの部の松城《まつしろ》くんは藤本くんみたいにひとり暮らししたいって言ってるのよね。紹介しちゃおっかな～」

「麻美、意地悪しないで」

「私が紹介しないでも、松城くんが藤本くんの家の近所を探して自分で見つけちゃうかもね。そうしたら、ふたりとも困るよね？」

「とても困ります」

「でも、ついこの前解約した充希がいきなり再契約したら、それはそれで怪しいよねぇ」

「はい……」

真意を測りかねていると、堀内《ほりうち》先生がふとやさしい表情になった。

「だから、あたしがセカンドハウスとして借りることにしたの。ふたりを守るためにね」

驚いて声も出ないとはこのことだった。

「え？　え？　えええええっ!?」

と、充希さんが混乱していた。

「言ったでしょ？　正攻法では牛久《うしく》さんを断念させられないだろうねって」

「だからって、これは――」

充希さんが少し困った顔になると堀内先生が手を腰に当てた。

「何よ。充希のことを守ってあげたんだから、感謝してよね？」

「うん、それはそうなんだけど……」

「契約はするけど、あたしは滅多に使わないだろうから、充希はちゃんと元の部屋に戻ること」

「えー……」

露骨に嫌そうな顔をする充希さん。ちょっとむくれた感じがかわいい。

「あたしの名前で契約する以上、自分でもときどきは使わせてもらうから。たまにはひとりでストレス発散したくなるんだよね、育児って」

「本当に来るんですか？」

思わずそう言うと、また堀内先生がちょっと意地悪な笑顔になった。

「ふふ。そのときは、充希とふたりでルームシェアして水入らずなラブラブな時間を過ごせるわよ？　でも、あたしが部屋にいるときは隣でずっと聞き耳立ててるつもりだから、ふたりとも清く正しい交際をしないとまずいよね」

「いろいろ考えている！」

ふふふと笑った堀内先生が付け加える。

「さっきの藤本《ふじもと》くんはとても格好良かったわ。きみと事前に打ち合わせをしたわけじゃなかったけど、きっときみなら——充希がずっと話していたきみなら、きっとあのくらい言ってくれると信じてた」

「先生……」

堀内先生が右手を拳にして軽く俺の胸を叩《たた》いた。

「せっかくここまでしてやったんだから、充希のこと、大切にしてやってよね？」

俺の答えは決まっている。

「はい、もちろんです」

胸を張って答える。俺の答えに満足したのか、堀内先生が屋上から出ていった。

振り返れば、目も鼻も真っ赤にして感極まった充希さんがいる。

「千里《ちさと》くん、大好き!!」

充希さんが全力で俺に抱きつき、俺は充希さんに押し倒された。

エピローグ

堀内先生のおかげで、充希《みつき》さんは元の部屋に荷物を戻すことになった。隣の部屋とはいえ、短期間で二回目の引っ越し作業である。

「千里くーん、この段ボールは置いといてー」

「はーい」

堀内先生がセカンドハウスとして利用するかもと言っていた。そのため、部屋に何もないのはまずいだろうと、堀内先生がお泊まりしても問題ない程度の荷物だけを充希さんは元の部屋に戻すことにしたのだ。充希さん、確信犯である。

しばらくして、週末に本当に堀内先生がやってきた。

そのため、いそいそと充希さんが遊びに来たのだけど……。

「千里くん、ダメェ！」

「だめです」

「あん、うまく入らない」

「こっちからやっちゃいます」

「そんな、強すぎぃ！」

「まだまだ許しません！」

「いやぁぁ！　もう許してぇぇ！」

ダンダンダンダンダンダンッ！

「あんたら一体何してんのよ!?」

ものすごい勢いで堀内先生が飛んできた。

充希さんに対応してもらう。

「どうしたの、麻美《まみ》？」

「どうしたのって、充希のあられもない声が……あれ？　服着てる」

「何えっちなこと言ってるの！　いま千里くんと『スーパー○トⅡ』してただけだよ」

「は？」

血相を変えて飛んできた堀内先生の気持ちはよく分かります。俺もいろいろ大変なのでそういう声を出すのは慎んでほしいものであります。

結局、大いなる誤解だったことに赤面した堀内先生は、なぜかそのまま俺の部屋で酒盛りを始めた。

「せっかく千里くんとふたりでしっぽりゲームしてたのに」

「うるさい！　しっぽりって状況じゃない！　あたしの寿命を縮めたことに対して謝罪を要求する！」

堀内先生はごんごん飲む。俺は充希さんが二日酔いにならないように監視していた。

その後、いまのところは堀内先生が抜き打ちで俺の部屋を視察に来たり、隣の部屋にお泊まりに来たりすることはない。とはいえ、隣の部屋の鍵は当然、堀内先生も持っているので、知らない間にこっそり来られていたら分からないけど。もちろん、いつ来られてもやましいところはないけどね。

やっと高校生活が軌道に乗ってきたある日のことだった。

「そんなわけで五月の連休になります、千里くん！」

夕食のあと、スーパーで半額で売っていたお団子を日本茶でいただいていたら、充希さんが力強く宣言した。

「はあ」

「五月の連休といえば、ゴールデンウィーク後半戦。学校はお休みです！」

「そうですね」

食後の甘味で和んでいる俺に、充希さんが不服そうに頬を膨らませた。

「お休みなんだから、『デートのチャンス！』みたいに食いつかないの？」

充希さんの不満の理由が分かったので、俺は姿勢を正して敬礼した。

「うかつでありました！　デートのチャンスであります！」

充希さんも敬礼を返す。

「そうであります！　どんなデートがお好みでありますか？」

敬礼を解いて腕を組み、考え込んだ。

「結構、長いお休みですよね。——旅行とか？」

ただの思いつきで呟《つぶや》いたのだが、充希さんが即座に反応した。

「りょりょ、旅行!?　ふたりでお泊まりなんてダメだよ……！」

日帰り旅行という手もあるのだが、ひとりで真っ赤になっている充希さんがかわいいので黙っている。旅行よりルームシェアの方がハードル高いようにも思うのだけど、それも黙っておこう。

ふたりでパソコンを検索して近場のデートスポットをあれこれと探したけど、結局、デパートに買い物に行くことで落ち着いた。ふたりともインドア派なもので。

しかし、買いに行く物は充希さんの夏の水着。ちょっとしたデートより高度な展開だ。

それに、これはあれか。夏にはふたりで泳ぎに行こうねという露骨な伏線か!?

充希さんの水着姿——蛍光灯のヒモと筋トレと英単語が俺を激しく呼んでいる！　こんなに激しく筋トレしていては、筋繊維が復活する暇もない。

そんな個人的な事情を何とか乗り越えて、ゴールデンウィーク初日、さっそくお出かけすることにした。

俺はいつも通りのジーンズにシャツ。可もなく不可もなし。

ところが充希さんだ。

「へへ。どうかな」

今日の充希さんはすっぴんだった。もともと童顔で普段から薄化粧の充希さんだからそれほど差はないのだが、やっぱり若く見える。メガネをかけているところがまた、真面目な文学少女の雰囲気を醸し出していた。服装も、女子高生の着ている物をいろいろと調べてそれに近い物を着ている。どう見ても十代。ぱっと見では充希さんだと分からない。

いつもと違う新しい充希さんの魅力を見つけた気がして、思わず見惚《みと》れた。

「いい……」

「はい?」

「あ、いや、ばっちりです。とってもよく似合っています」

先日、充希さんが勢い余って高校時代の制服を着たときのことをヒントに考えた格好なのだけど、すっげえかわいい。

「ほんと?」

と、充希さんが頬を赤くしていた。

おまけとして買っておいた帽子を充希さんはかぶって、ふたりで家を出た。

誰も俺たちに注目していない。

誰も俺たちの知り合いはいない。

油断は禁物だけど、ふたりで外を歩ける喜びに、自然と頬が緩んだ。


デパートの水着売り場が見えてくると、俺の方が恥ずかしくなってきた。

「本当に俺も一緒に行かないとダメなんですか」

「当たり前じゃない」

「……やっぱり俺、その辺で時間潰してますから」

「だーめ。千里くんをお姉さんの魅力でメロメロにさせちゃうんだから」

メガネを少しずらして、充希さんが超絶美人モードを軽く発動させる。

少女の清らかなかわいらしさと大人の魅惑的な色気とが俺を襲う。

「もう十分メロメロです」

「え、何か言った？」

「いいえ、何も言っていないであります」

半ば観念し、半ば充希さんに骨抜きにされながら水着売り場に踏み込むと、色とりどりデザインいろいろの水着の向こうに、なぜかというかやっぱりというか見慣れたサイドテールが動いていた。

せっかくここまで誰にも会わずに来たのだけど、ぎゅうちゃん相手では逃げないといけないだろうか……。

充希さんの肩を叩《たた》いて注意を促す。

「あのサイドテール、牛久《うしく》さん？」

私服姿だけどいつもの一眼レフを首から提げていた。ぎゅうちゃんの方でも、俺たちに気づいたようだ。

堀内《ほりうち》先生による先日の強烈な刷り込みのあと、ぎゅうちゃんとは教室でもあまり話さなくなってしまっていた。

ここでばったり会ったら、悲鳴を上げて逃げられるかもしれない。

それはそれで結構つらいから、このまま知らない顔をして立ち去るのが無難だろう。

そのときふと、ぎゅうちゃんがこちらに顔を向けた。

一瞬、目つきが鋭くなったぎゅうちゃんが、予想に反してこちらにやってくる。

「藤本《ふじもと》くん、彼女さんと一緒っすか。いいっすねえ、青春っすねえ」

さらに予想外に話しかけられ、俺は充希さんと顔を見合わせた。

「ぎゅうちゃん、俺のこと、もう怖くないの？」

「全然っす」

あっさり言い切られた。

でも、待てよ。俺のことが怖くなくなったってことは、あの誓約書の意味もないということで、振り出しに戻ったのではないだろうか。

じりじりと後ずさりしようとした俺を、充希さんが小声で止めた。

「千里《ちさと》くん、大丈夫」

「え？」

俺が怪訝《けげん》に思って声を発すると、ぎゅうちゃんが「やれやれ、物分かりの悪い坊やだぜ」と言わんばかりに肩をすくめてみせた。

「自分がカメラを構えていないのに注目してほしいっす。まったく藤本くんはいつまでパパラッチに追いかけられるセレブ気取りなんすかねぇ」

「何か一言多い気がする」

「気のせいっすよ。ね、充希さん」

「気のせいよね、牛久さん」

「は!?」

思わず変な声が出た。何でこいつ、「充希さん」とか呼んでるの？　充希さんも普通に、というよりも仲良さげだし。

頭の中が疑問符でいっぱいになりながらふたりの顔を交互に見ていると、ぎゅうちゃんがまたしてもやれやれと肩をすくめて首を横に振った。

「これだから男子はダメダメなんすよ。どこのラノベの鈍感主人公なんすか」

「いや、マジで分からないんだけど」

すると、充希《みつき》さんが俺のシャツの裾を引っ張った。

「あのね、千里くんと牛久さんの関係って、私、すごくうらやましかったの。だから、ほんとのこと言って、屋上の一件で牛久さんがつきまとわないでくれるようになったのはちょっとうれしかったりしたんだ。ごめんね」

「いや、それは別に……」

俺だって、ぎゅうちゃんをいじっているよりは、充希さんとまったりしたいから、謝る必要なんてない。

「でも、麻美のはやり過ぎだと思ったの。千里くん、すごくいい子なのにあんな誤解をされたままじゃかわいそう。だから、麻美とも話し合って、ゴールデンウィークに入る前日の放課後に、牛久さんを地学準備室に呼び出して、もう一度本当のことを話したの」

あまりの驚きに声も出なかった。俺は目も口も開けてふたりを見ることしかできない。

ぎゅうちゃんが俺の顔を見て笑った。

「へへへ。堀内先生も同席していたから、何されるのか分かんなくて最初はマジ怖かったっす。でも、改めてぜんぶきちんとお話を伺って、自分、おふたりのことを軽々しく扱っちゃいけないって分かったっす」

「だから、牛久さんはもう私たちのことを新聞に書いたりはしない。ううん。私たちのことを応援するって言ってくれたの」

「その通りっす」

　と、ぎゅうちゃんが自慢げに平たい胸を張った。

「そっか……」

　それしか言えなかった。

　目の前が少しぐにゃりとゆがんだ。充希さんがそこまで俺のことを考えてくれていたことに、ただただ感謝するしかなかった。

　ぎゅうちゃんが三度目に、やれやれと肩をすくめる。

「それにしてもあんな加工写真でいつまでも騙《だま》し通せるわけがなかったんすよ」

「思いっきり騙されてたじゃねえかよ」

「あ、あれは、騙されたふりをしただけっす。こういう形で充希さんから真相を手にするための演技だったんす！」

　ぎゅうちゃんが真っ赤な顔でおたおたしている。

　俺はそのぎゅうちゃんの頭を乱暴に撫《な》でた。

「ありがとうな、ぎゅうちゃん。充希さんもありがとう」

「目が回るっす！　やめるっす！　やっぱり本紙でいろいろ糾弾するっす！」

　慰謝料としてゴールデンウィーク明けの一本勝負をひとつ要求された。

「了解。ついでに五百ミリリットルの紙パックミルクティーもつけてやる」

「きっとっすよ!?　それでは、あとは若い者たちに任せて、自分はドロンするっす」

と言い残し、ぎゅうちゃんは去っていった。

「……ぎゅうちゃん、昭和というかおっさんくさいというか、変ないなくなり方したな」

「牛久さんって、千里くんと同い年だよね？　私より年上じゃないよね？」

ふたりで顔を見合わせて吹き出してしまった。

「充希さん」

「はい」

「ありがとう」

改めて俺がそう言うと、充希さんが俺の腕をぎゅっと胸に抱きしめた。

柔らかい材質の服を着ているせいで、俺の腕は充希さんの大きな胸に埋まるようだった。

動揺する俺に、さらに充希さんは頭を預けるように寄りかかって言った。

「千里くんがたとえ世界中を敵に回したとしても、私はずっとそばにいるからね」

温かく、深く、包み込むようでいて激しい想《おも》いの込められた言葉が、俺の心の真ん中を貫く。

「充希さん――」

その充希さんの想いに、俺は言葉で答える代わりに、一度、充希さんから身体《からだ》を離すと俺から彼女の手を握った。

充希さんが驚き、目に涙をためる。

俺の方から手をつないだのはこれが初めてだったからだ。

「千里くん――」

「ずっと、この手を放さないで歩いていきましょう」

俺が願いを込めてそう言うと、充希さんがはにかんだ。

「――うん」

「さ、水着を見ましょうか」

「うん！」と、充希さんが元気に頷《うなず》いた。「ちょっと恥ずかしいけど、千里くんに喜んでもらえそうなのを選ぶからね。ハイレグのきわどいのとかどうかな？」

「は、はいれぐ……？」

充希さんが笑顔のままフリーズする。

「昨日の夜、一生懸命に検索して、昔聞いたことがある水着を探したんだけど……これ、ジェネレーションギャップ？」

「え、あー、いやー」

「男の子の好きそうな、せ、セクシー系で……。私も着たことないけど、杉〇彩とかで有名だって……知らない？」

「ざ、残念ながら……」

ショックを受ける充希さんの横で、慌ててスマートフォンを取り出し、検索をかける。

えっと、主に女性用下着や水着のデザインの一種。股に食い込むようなパンツ……。

「ダメダメダメっ。絶対ダメですっ」

『スーパー〇トⅡ』のイギリス諜報《ちょうほう》部隊の女の子の格好といえば俺にも分かった。

でも、充希さんにこんな格好をさせてはいけない。

俺の理性も持たないけど、他の人にそんなすごい格好を絶対に見せたくないっ。

そもそも、ハイレグ水着の流行はバブル期じゃん。去年も少し流行したみたいだけど、ジェネレーションギャップというより古すぎ。充希さん、今日の買い物、舞い上がってる？

「それじゃ、パレオとかのかわいい系はどうかな？」

「ぱ、ぱれお……？」

充希さんが再び笑顔のまま動かなくなった。

「これもジェネレーションギャップ？　パレオも古いの？」

「い、いや、ただたんに俺が女性の水着に詳しくないだけで——」

再検索。……なるほど、これがパレオか。

っていうか、女性の水着をばしばし検索している俺って一体……。

俺たちが騒いでいたせいで、店員さんが「お客様、どのような水着をお探しでしょうか」と近づいてきた。水着コーナーにいるだけでも恥ずかしいのに、店員さんに声をかけられてしまって逃げたくなった。

しかし、ハイレグもパレオも俺に通じず、ジェネレーションギャップに混乱をきたした充希さんはもっとヤバかった。

「わ、私、こう見えて脱いだらすごいんですっ。彼をメロメロにさせたいので、すごい水着くださいっ！　やっぱりハイレグですよねっ!?」

「充希さん落ち着いて!?」

俺が充希さんの手を握ってなだめようとすると、充希さんがさらに顔を真っ赤にした。

「ほにゃあああ！　また手を握られました――」

そんな充希さんの反応に、店員さんはなぜか俺に向かって笑顔で言った。

「お幸せそうですね」

ちょっとびっくりしたけど、俺も笑顔で返した。

「ええ、とっても」

俺がそう言うと、充希さんもはにかみながら頷いた。

周囲の目が気になること。いつか親にふたりの関係を報告すること。将来をふたりで決めていくこと。

普通のお付き合いでも同じような問題はいろいろあるのだ。

俺たちの場合は、ふたりの年の差という問題がもうひとつ余分にくっついているだけなんだ。

それは障害でもマイナスでもない。

俺たちだけのユニークな個性だ。

これから夏が来て、秋が来て、冬が来て。

そのたびに俺たちは思い出を積み重ねていくだろう。

ときどきはケンカしたりしながら。

たまにはどうしていいか分からない事態に頭を悩ませながら……。

それでもきっと、俺は乗り越えてみせる。

いま握っている、充希さんのこの手の温《ぬく》もりに懸けて――。

エピローグ2　充希さんのひとりごと

ルームシェアという名の同棲《どうせい》生活から一カ月近くがたちました。

いろんなことがあったなあ。

千里《ちさと》くんの反応がかわいくて、ときどきえっちなアプローチとかもしたけど、私、男の人とお付き合いしたことがなくておっかなびっくりだったんだよ。

「早くあげないと捨てられちゃうよ」とか、すごいことを麻美《まみ》にアドバイスされたけど……いまはまだ無理！　もう少しだけ待って。ごめんね、千里くん……。

私だって……ずっときみを待っていたんだから。

千里くんはもう忘れちゃってるかもだけど、ほんとのことを言うと、私、中学生のきみと会っているんだよ？

それは、いまから三年前、私がまだ大学生で教育実習生だったとき。

忘れちゃっても無理ないよね。何しろ私、いまより十五キロも太ってたし……。

そのときのきみは、実習生である私の理科の授業も無表情で聞いていた。

授業の内容は完璧に理解していて、さらに突っ込んだ内容も知りたがって、私は千里くんって頭いいんだなーって、中学生相手にちょっと憧れちゃった。

それなのに、授業が終わると明らかに心を閉ざしている雰囲気だったからよく覚えている。

私、太ってるし、ほんとは嫌われてるのかなって思ったんだけど……ちょうど千里くんはお母さんを亡くしたばっかりだったんだよね。

私がそれを知ったのは教育実習がもう終わるときだった。

ちょうど球技大会の日で、クラスのバスケの応援をしながら、千里くんはみんなとは少し外れたところにひとりで座っていたね。

「藤本《ふじもと》くん、元気ですか」

「ええ」

地味系女子である私にはそれ以上何を言っていいか分からなかった。

でも、ちょうど私も一年前にお母さんを亡くしていたので、きみの気持ちにだけは寄り添いたいと思ったんだ。

ところが――。

千里くんが自分のことを話しやすいようにと私が自分のお母さんのことを話したら、きみはかえって私のことを慰めてくれたよね。

きみは「実は俺もこのまえ母親を亡くして……」とは教えてくれたけど、自分のつらかった気持ちや悲しかったことなんて一言も言わなかった。

十歳も年下のきみの優しさに私は涙が止まらなくて。

でも、きみがやさしいからこそ、きみの目を見たら放っておけなくて……。

はっきり言います。

千里くん、私はそのときからきみのことが好きでした。

だから、そのとき約束したよね。「千里くんが高校生になって十八歳になったら……家族になりましょう。そうしたら私の好きなハンバーグをいつも作ってあげる」って。

あれも立派なプロポーズ、だったんだよ？　教育実習のときに撮ったきみとの写真は私の宝物です。

私の隣に引っ越してきたのがきみだと知ったときの感動は、口では言い表せないくらいだったよ。

でも、私のこと、覚えてなかったよね。

無理はないと思う。

何しろ再会は干物姿だったし。

我ながら最悪だと目の前が暗くなったよ。

教育実習が終わってから、きみとの再会を信じて、私、一生懸命ダイエットだってしたのにって、あのときは本気で泣きたくなった……。


しかし、あのあと私は一世一代の勇気を振り絞った。

干物姿もなんのその。いまのきみが知りたくて、きみのあとをうまいことつけて、ずっと我慢してたラーメンをはしごして食べて、グラビアの趣味をチェックして。あ、言っとくけど、私、自分ではあんなえっちなところには行きませんからね！


ああ、でもきみは本当に素敵な男の子に成長したなあ。

二回目の一目惚《ひとめぼ》れ（ちょっと言い方が変かな？）をして、入学式にプロポーズしちゃったときには、我ながらこれはないと思ったけど——受け入れてくれて本当にうれしかった。


それからの毎日は本当に夢のよう。

いちばん困ったのは牛久《うしく》さんのことだったけど、麻美の協力もあっていい感じにまとまって良かった。ううん、油断大敵。気を引き締めていかなくっちゃね！


そして、ゴールデンウィーク。

一緒に手をつないで町を歩いて帰ってきた。

とうとうやっちゃったね。

誰かに見つかったらどうしようと思ったけど、すっごくうれしかった。

「こんなふうにいつも堂々と歩けるようになりたいね」って千里くんも言ってくれてたね。

たくましくって、素敵で、最高。

お姉さんはうれしいよ。


ということで、買ってきた今年の最新トレンドのビキニを着てみせてあげたのに、千里くんは真っ赤になって大慌てしてた。

私としてはがんばって、かわいくて色っぽいのを選んだつもりだったんだけど、どうだったかな？

しっかり視線は感じたから、喜んでくれてたのかな？

不束者《ふつつかもの》ですが、これからもよろしくお願いしますね。

……しかし、充希《みつき》は知らない。

千里の机の引き出しの奥には、ある一枚の写真が大切にしまわれていることを。

その写真には、まだ中学生の千里と、ちょっとぽっちゃりして、ハンバーグが好物だと言った教育実習生の女子大生が写っていることを——。

（了）

あとがき

皆様、こんにちは。遠藤遼《えんどうりょう》です。このたびは、『隣に住む教え子と結婚したいのですが、どうしたらOKがもらえますか？　1』をお手にとっていただき、まことにありがとうございました。

思えば、私の高校時代は、入学した頃はまだ心が中学時代に残っているくせに、いつの間にか大学受験に向けて日々が引っ張られ、あっという間に過ぎ去っていった感じでした。

そんな私が高校生のラブコメを書くことになろうとは……。

もしこうなることが分かっていれば、もう少し別の高校生活を送っていたのではないだろうかとも考えましたが、やっぱり同じような高校生活を送ってしまいそうな気もします。

本作のプロットを作っている段階で、担当編集Y氏から「遠藤さんの実体験は入っているのでしょうか」と、大変センシティブな質問をいただきましたが、答えとしては賢明な読者様ならすでにお気づきの通り、入っているわけがありません。

ただ、思春期に、年上の女性が素敵に見えるというのは大抵の男子が経験することではないでしょうか。甘えさせてくれるお姉さまであり、甘えてくる恋人ですね。

そんな素敵な年上女性が学校の先生だったら……なんて夢あるいは妄想、男子なら一度は考えたことがあるはず。ないとは言わせません。現実に、学校の先生を好きになった人だってきっといることでしょう。

それから、好きになった相手のことって、他の人から地味だ何だと言われても、自分にしか分からない彼女の魅力、みたいに見えてしまったりしません？　おまえら、見る目ないよなと心の中で優越感を抱く瞬間。これって、ウザいかもしれないし、あとから振り返って痛いかもしれないけど、すっごく大事だと思うんですよ。好きな人が素敵に見えてしょうがない――これってやっぱり幸福なことだと思うんです。

そんなこんなを込めて、地味系教師の充希《みつき》さん、超絶美人モードの充希さん、干物系女子の充希さん、そして恋人として幸せに笑っている充希さんをいっぱい書きました。年上女子のかわいさに、にまにましてもらえたらすごくうれしいです。


最後になりましたが、この物語を書籍化していただきましたオーバーラップ文庫編集部の皆様方はじめ、すべての方々に心より感謝申し上げます。

特に、笹森《ささもり》トモエ先生には、素敵なイラストで充希さんの魅力を存分に描いていただきました。本当にありがとうございます。イラストを眺めるだけでも最高です。

何より、すべての読者さまに、心からの感謝を捧《ささ》げます。

これからも、よろしくお願いします。

二〇一九年四月　遠藤遼

OVERLAP

隣に住む教え子と結婚したいのですが、どうしたらOKがもらえますか？ 1

発　　行　2019年4月25日　初版第一刷発行

著　　者　遠藤 遼
発 行 者　永田勝治
発 行 所　株式会社オーバーラップ
〒150-0013　東京都渋谷区恵比寿1-23-13
校正・DTP　株式会社鷗来堂
印刷・製本　大日本印刷株式会社

Printed in Japan ISBN 978-4-86554-471-8 C0193